미카엘라

달빛 드레스 도난 사건

글쓴이 박에스더

고려대학교에서 사회학을 전공했다. 대학 시절 웹소설 연재 플랫폼 '조아라'에 첫 장편 소설 「Singularity」을 연재했으며, 2016년 한국콘텐츠진흥원 스토리 작가 데뷔 프로그램에 발탁되어 쓴 학원 미스터리물 「D클럽과 여왕의 여름」을 출간했다. 소녀 시절에 대한 오묘한 감정과 동경, 추억을 담아 쓴 「미카엘라_달빛 드레스 도난 사건」으로 No.1 마시멜로 픽션 대상을 수상했다. 재미있고 두근거리는 이야기, 훗날 추억이라고 말할 수 있을 만한 글을 쓰려고 노력한다.

그린이 이경희

대학에서 애니메이션을 공부했다. 애니메이션 회사에서 캐릭터 디자이너로 잠시 일하다가 단편 만화 「If I could meet again」이 《씨네21》의 월간지 《팝툰》 공모전에 당선되어 만화가로 전향했다. 「흔적」, 「상한 우유 처리법」, 「새벽 네 시」 등의 단편 애니메이션을 제작·감독했으며, 현재 그래픽 노블과 일러스트 창작 집단인 스패너 스튜디오 Spanner Studio를 꾸려가고 있다. 그린 책으로 『간니닌니 마법의 도서관』, 『방람푸에서 여섯 날』 등이 있다.

미카엘라

달빛 드레스 도난 사건

박에스더 글 · 이경희 그림

비룡소

차례

등장인물

유진

브링턴 아카데미 8학년 학생회장.
똑똑하고 잘생기고
인기도 많은 '브링턴의 왕자'.
모든 사람에게 다정다감하지만
어쩐지 미카엘라에게만큼은
까칠 대마왕이다.

미카엘라

브링턴 아카데미 7학년생.
운동선수 집안의 막내딸로
학교 최고의 펜싱 선수. 갈색
곱슬 폭탄 머리가 트레이드 마크.
패션 잡지에 열광하는
예쁜 아이템 마니아다.

카밀라

학생 신문 편집장이자 도서부원.
미카엘라의 단짝. 글을 쓰는 것도
읽는 것도 좋아하는 활자 중독자다.

팀 루나 5인방

라쉬

아부쟁이. 손재주가 무척 좋다.
특히 뜨개질 실력이 일품!

메이

외모 지상주의자.
비싼 옷에 엄청 집착한다.

신시아

팀 루나 리더. 빼어난 외모의 소유자.
머리끝부터 발끝까지 멋 내는 게
취미이자 특기. 미모 덕분일까,
늘 자신만만하다.

사만다

늘 감정적인 신시아에게
이성적으로 조언하는
팀 루나 멤버.

프리얀카

군것질 대마왕. 단것이라면
뭐든 좋아한다.

고대하던
7학년이 되었다

미카엘라는 연습용 펜싱 검을 손에 든 채 고요한 연습장을 바라보았다. 평소라면 펜싱부 아이들로 가득 차 있을 연습장에는 오늘따라 아무도 없었다. 당연한 일이었다. 오늘내일이 방학을 낀 마지막 주말이니 다들 막바지 휴식을 만끽하고 있을 게 뻔했다. 황금 같은 휴일을 학교 기숙사에서 보내고 싶어 하는 아이는 아무도 없었다.

하지만 미카엘라는 개학일보다 이틀이나 빨리 학교로 되돌아왔다. 왜 그렇게 일찍 돌아가느냐는 엄마의 물음에 미카엘라는 중요한 쪽지 시험이 있다면서 둘러댔다. 거짓말은 아니었다. 곧 쪽지 시험이 있긴 했으니까. 물론 미카엘라가 그런 걸 중요하게 여길 리 없지만.

중요한 건 다음 주부터 '두꺼비잡기' 대회가 시작된다는 점이었다.

두꺼비잡기.

이 단어를 떠올리기만 해도 미카엘라의 심장은 두근두근 뛰었다. 드디어 이틀 후 월요일이면 브링턴 아카데미에 입학한 순간부터 잔뜩 기대했던 두꺼비잡기 대회가 시작된다. 미카엘라에게 이번 두꺼비잡기 대회는 일곱 번째였지만 올해는 유달리 특별했다.

열세 살 하고도 반. 그리고 7학년.

총 8학년으로 이루어진 브링턴 아카데미에서 7학년이 된다는 건 4인실이 아닌 2인실 기숙사 방을 쓸 수 있다는 의미이다. 모든 브링턴 학생들이 끼니를 해결하는 카페테리아에서 테라스 좌석에 앉을 수도 있게 된다. 이것들보다도 중요한 건…… 두꺼비잡기 대회에 참가할 자격이 주어진다는 것!

지금까지는 기껏해야 두꺼비를 잡으려는 7학년 언니들을 쫓으며 구경이나 했지만 올해는 달랐다.

오직 브링턴 아카데미의 7학년 여학생들만 참가할 수 있는 두꺼비잡기 대회. 이틀 후면 두꺼비잡기 대회가 시작되니 적어도 오늘부터는 대회 준비를 할 게 분명했다. 준비 과정을 참가자들이 보면 안 된다는 규정은 없었다. 그래서 미카엘라는 학교로 일찍 돌아왔다.

"두꺼비를 엄청나게 많이 잡아야지! 안 그러면 일찍 학교에 온 보람이 없잖아."

펜싱 연습장 한가운데서 혼자 중얼거리는 미카엘라의 녹색 눈동자가 반짝였다.

봄의 햇살이 펜싱 연습장의 커다란 창문을 통과해 미카엘라의 풍성한 갈색 머리칼에 꽃잔디 무늬를 남겼다. 허리까지 길게 늘어뜨린 머리칼이 앞머리까지 온통 곱슬거렸다. 꼭 마녀의 빗자루처럼.

아침마다 아무리 손질을 해도 제멋대로 곱슬거리는 머리카락, 보통의 같은 학년 남자애들보다 큰 키에 긴 팔다리. 미카엘라의 부모님 말에 따르면 '우리 집안의 아이답게 운동하기 아주 좋은 몸'이었고 미카엘라의 생각으로는 '어떻게 해도 볼품없는 몸'이었다.

미카엘라의 집안은 대대로 운동선수들을 배출해 왔다. 미카엘라 역시 위의 두 오빠처럼 운동선수가 될 거라 굳게 믿어 왔다. 미카엘라가 가장 좋아하는 종목은 펜싱과 수영. 상대방만을 주시하며 검을 움직이거나 서늘한 물살을 가르는 동안에는 아무 생각도 들지 않고 상쾌했다.

늘 체육복 차림으로 펜싱 연습실이나 수영장에서 살다시피 하기에 미카엘라는 다른 사람들에게 그저 운동만 아는 아이로 통했다. 그건 반쯤은 맞고 반쯤은 틀린 얘기다. 펜싱과 수영을 좋아한다고 다른 걸 아예 안 좋아한다는 의미는 아니니까.

미카엘라는 운동을 잘하는 자신이 자랑스러웠지만 브링턴 아카데미를 졸업할 때까지 그런 이미지로만 남고 싶지는 않았다. 하지만 이미 박혀 버린 고정 관념은 깨부수기 어려웠다.

'내가 펜싱하고 수영 말고 뭘 좋아하지?'

문득 미카엘라의 머릿속에 기숙사 침대의 베개 아래 숨겨 놓은 잡지가 떠올랐다. 모서리를 접어 놓은 페이지엔 '올해 유행 예감 잇 템'이며 '이미지 변신을 시도하는 당신에게 추천하는 헤어스타일' 같은 문구가 적혀 있었다. 모두가 잠든 밤에 머리끝까지 이불을 덮고는 패션 잡지를 팔랑팔랑 넘길 때만큼 즐거운 시간은 없었다. 예쁜 것이 좋았으니까. 예쁜 옷, 예쁜 액세서리, 예쁜 가방, 예쁜 구두…….

미카엘라가 패션 잡지 마니아인 건 베스트 프렌드인 카밀라만 알았다. 맨 처음 부끄러운 표정으로 이 비밀을 이야기했을 때 카밀라는 어깨를 으쓱이며 대답했다.

"원래 사람들은 정반대에 끌린다고들 하잖아. 뭘 부끄러워해. 예쁜 걸 좋아하는 게 나쁜 짓도 아니고."

미카엘라는 가끔 펜싱 검이 아니라 예쁜 가방을 들었으면 좋겠고 체육복 대신 레이스가 달린 원피스를 입었으면 좋겠다고 생각했다. '당신의 아름다운 변신을 위한 오늘의 아이템. 이걸 걸치면 좋은 소식이 들려올 거예요.'라고 말하는 잡지 속 모델들처럼.

변신.

남들이 보기엔 별것 아닐지 몰라도 미카엘라에게는 어려운 일이었다. 어릴 적부터 오빠들과 운동 연습장에서 살다시피 했던 미카엘라였다. 예쁘게 꾸미는 방법은 알지도 못했고 누가 가르쳐 주지도 않았다. 어른들은 그런 미카엘라에게 다른 데 한눈팔지 않고 열심히 운동하는 착실한 아이라고 칭찬해 주었다. 그래서 더욱더 예쁜 걸 좋아한다는 말은 할 수 없었다.

"그러니까 두꺼비라도 잡고 싶은 거라고."

펜싱 검을 움직이며 미카엘라가 중얼거렸다.

두꺼비잡기 대회는 미카엘라에게 좋은 기회였다. 멋지고 예쁘고 화려한 아이템들로 치장하고 전교생 앞에 공식적으로 설 수 있는, 어쩌면 또 다른 자신을 드러낼 수 있는 기회.

"일단 첫 번째 문제는 올해 과연 붉은 장미가 피는……."

미카엘라의 혼잣말이 거기서 멈췄다. 창문 밖으로 심상치 않은 움직임이 포착됐기 때문이었다. 혹시나 놓칠세라 미카엘라는 얼른 연습장 밖으로 뛰쳐나가 그 움직임을 눈으로 뒤쫓았다.

'저 사람은!'

꼭 나쁜 짓을 벌이는 듯 주변을 이리저리 살피며 라일락 그늘에 몸을 숨긴 채 걸음을 재촉하는 자가 있었다. 미카엘라도 잘 아는 사람이었다. 정확히 말하면 미카엘라뿐만 아니라 브링턴 아카데미에 다니는 학생들이라면 전부 알았다.

유진.

브링턴 아카데미 8학년이자 학생회장을 맡은 수재로 단단한 체격에 큰 키, 모든 사람에게 다정다감한 성격, 늘 웃는 얼굴, 바르고 성실하고 게다가 똑똑하기까지……. 유진은 그야말로 모든 걸 갖춘 '브링턴의 왕자'였다.

미카엘라의 친구 중에도 유진을 동경하는 아이들이 꽤 있었다. 그 애들은 점심시간이면 유진을 보려고 카페테리아에서 밥도 거른 채 진을 치고 있기까지 했다.

하지만 미카엘라가 보기에 유진은 그리 멋있어 보이지 않았다. 어떻게 사람이 만날 웃고 친절할 수 있을까? 유진의 행동은 다 가식 같았다. 다른 사람들에게 잘 보이려고 진짜 자기를 숨기는 가식.

어쨌거나 지금 유진은 평소의 모습과 전혀 달랐다.

어딘가 불안해 보이는 표정이며, 어깨에 왜 또 그렇게 커다란 가방을 멨는지. 지금은 방학 중인 데다 시험 기간도 아닌 터라 저렇게 큰 가방을 들고 다닐 일이 없었다.

멈춰 서서 주변을 한 번 쓱 둘러본 유진이 다시 발걸음을 옮겼다.

펜싱 연습장 외곽에 철제 펜스가 세워져 있고 거리가 꽤 떨어져 있어서인지 유진은 미카엘라가 지켜보고 있다는 걸 눈치 못 챈 듯했다.

미카엘라가 눈썹을 찌푸렸다. 커다란 가방을 짊어진 채 누구에게 들킬세라 두리번두리번 학교 안을 돌아다니는 학생회장이라, 확실히 이상했다.

잠깐 뭔가 생각하던 미카엘라가 펜싱 검을 단단히 잡고는 펜스를 훌쩍 뛰어넘었다. 그리고 유진이 사라진 방향으로 재빠르게 걸음을 옮겼다.

학생회장님,
무얼 그렇게 숨기는 거죠?

브링턴 아카데미는 200년이나 되는 역사를 자랑했다. 학교 건물 대부분이 고풍스러운 양식을 뽐냈고, 교내를 반쯤 둘러싼 에메랄드 숲에 빼곡히 자리한 오래된 나무들은 특유의 멋을 풍겼다.

미카엘라는 한 번도 이 아름다운 교정에 불만을 가져 본 적이 없었다, 지금까지는.

유진의 뒤를 쫓아 브링턴 교내를 가로지르는 미행은 난이도가 꽤 높았다. 미카엘라는 미로 같은 건물 속에서 몇 번이나 길을 잃을 뻔했는지 모른다.

본래 수도사들이 살 목적으로 지어진 브링턴 건물들 안에는 수십 갈래의 지름길과 샛길들이 있었다. 이를테면 3학년 2반의 오른편 막다른 복도 끝에는 잘 보이지 않는 조그만 문이 하나 있고, 그 문을 통하면 7, 8학년이 사용하는 휴게실로 바로 이어지는 식이었다.

학생회장인 유진은 확실히 달랐다. 미카엘라가 모르는 길들을 아주 자연스럽게 척척 통과했다.

'대체 어디로 가는 거야?'

미카엘라가 숨을 고르며 땀이 배어 나온 이마를 훔쳤다. 그때, 유진의 발걸음이 뚝 멈췄다.

'여긴 8학년생들이 사용하는 사물함이잖아. 사물함에 가방을 넣으려고 이렇게 힘들게 여기까지 온 거야?'

미카엘라가 속으로 투덜거리면서 막 몸을 돌려 나가려던 순간, 유진이 가방에서 무언가를 꺼냈다.

캉!

미카엘라의 손에서 미끄러진 펜싱 검이 대리석 바닥 위로 떨어지며 요란한 소리를 냈다. 그 소리에 놀란 유진이 미카엘라 쪽을 퍼뜩 쳐다보았다. 미카엘라는 서둘러 유진 가까이로 튀어나갔다.

반쯤 열어 놓은 사물함 문의 그림자 속에서 개암나무 열매를 닮은 유진의 눈동자가 놀란 빛을 발했다. 침착하고 다정한 평소 얼굴이 아니었다. 낯선 유진의 모습에 미카엘라는 당황했다. 그런데 미카엘라를 진짜 놀라게 한 건 따로 있었다.

"그거, 뭐예요?"

유진은 가방에서 꺼낸 것을 얼른 사물함 안에 집어넣으려고 했지만 미카엘라의 행동이 좀 더 빨랐다. 엄마 아빠에게서 물려받은 탁월한 운동 신경은 이런 순간에 빛을 발했다.

미카엘라가 유진의 손에서 낚아챈 물건은 복숭앗빛 리본으로 정성스레 포장된 상아색 꾸러미였다. 꾸러미 위에는 은색 문양이 찍혀 있었다.

"…… 대체 이걸 왜 선배가 가지고 있죠?"

꾸러미에 찍힌 문양은 다름 아닌 두꺼비였다. 그 꾸러미 안에 두꺼비잡기 우승자만이 차지할 수 있는 글로리아의 보물이 들어 있다는 의미였다.

"잠깐만, 미카엘라."

유진이 최대한 조용한 목소리로 미카엘라를 차분히 진정시키려 했다. 그러나 미카엘라는 너무 놀란 나머지 유진이 부른 소리도 못 들었다.

"글로리아의 보물은 두꺼비잡기 대회 우승자만이 가질 수 있어요! 보물은 현재 두꺼비잡기 위원회에서 보관하고 있다고 알고 있고요. 설마…… 학생회에서 두꺼비잡기 위원회와 짜고 보물을 빼돌린 건 아니겠죠?"

두꺼비잡기 대회에서 우승자가 나오지 않은 지 벌써 12년이 지났다. 해가 거듭될수록 브링턴의 학생들뿐 아니라 샐버리 마을 사람들까지도 걱정스러워했다. 두꺼비잡기는 본디 샐버리 마을의 전설에서 시작된 대회였기에 마을 사람들에게도 큰 의미를 지녔다.

"쉿! 목소리가 너무 커."

"지금 그게 중요해요? 무려 학생회장이라는 사람이 이렇게 떳떳하지 못한 짓을 하는데? 몰래 뭘 그렇게 들고 가나 궁금했는데 그게 글로리아의 보물일 줄이야. 당장 이 사태를 설명하지 않으면 교장 선생님에게 끌고 가는 수밖에 없어요!"

유진은 자신의 시선을 맞받아치며 조목조목 따지는 당돌한 후배를 빤히 바라보았다.

사실 유진 역시 미카엘라를 알고 있었다. 브링턴 아카데미는 8년 내내 기숙사 생활을 하게 되어 있어서 같은 학년은 물론이고 위아래 학년 학생들의 얼굴과 이름 정도는 다 파악할 수 있었다. 그렇다고 유진이 미카엘라의 얼굴과 이름 정도만 아는 건 아니었다.

평소 유진은 미카엘라의 이름을 여기저기에서 봤다. 여름 방학에 열리는 샐버리 수영 대회의 입상자 목록이라든지, 브링턴 아카데미의 이름을 세계에 알린 펜싱부의 명단에서. 또 조정 위원회의 원탁회의에서 숱하게.

조정 위원회는 말 그대로 학교에서 일어난 사건 사고들을 학생들 스스로 조율하고 해결하는 자치 기구이다. 3학년에서 8학년까지 학년당 서너 명의 위원들을 학생들이 직접 투표해서 뽑아 꾸렸고, 그러기에 가장 공정하다고 평가받는 학생들로 이루어졌다.

미카엘라는 3학년 때부터 지금까지 조정 위원 명단에서 한 번도 이름을 빠트린 적이 없었다.

유진은 작년 봄 조정 위원회 원탁회의에서 한 학생의 억울한 누명을 벗겨 준 미카엘라를 보곤 대단한 아이라고 생각했다. 다른 조정 위원들이 그냥 지나쳤던 작은 단서들도 놓치지 않고 끈질기게 추적한 미카엘라의 활약이 얼마나 돋보였는지 모른다. 이날 원탁회의는 작년 브링턴 아카데미 최고의 순간으로 뽑히기도 했다.

"브링턴 조정 위원회는 편견에 사로잡히지 않으려고 애씁니다. 문제 해결은 모든 가능성을 열어 두는 데에서 시작하지요. 우리 모두 정의를 원합니다. 학우들이 조정 위원회에 보내는 믿음에 보답할 수 있도록 늘 노력하겠습니다."

이때 교내 신문에 실린 미카엘라의 짤막한 인터뷰 글을 유진은 인상 깊게 보았다. '정의'라는 단어가 유독 머릿속에 박혔다. 그 전까지만 해도 유진은 '정의'가 사전이나 교과서에나 나오는 고루한 말이라고 생각했다. 하지만 미카엘라가 하는 말 속에서 '정의'는 생생히 살아서 움직였다. 유진은 어쩌면 정말로 이 세상에 정의라는 것이 존재할 수도 있겠다는 생각이 들었다.

그때부터였을까, 유진이 미카엘라를 눈여겨보기 시작한 건. 사람들 틈에서 푸석푸석한 갈색 머리칼을 찾게 된 것도, 운동이라면 별 관심 없었지만 꼬박꼬박 수영 대회와 펜싱 대회를 관람하기 시작한 것도, 생각해 보면 모두 그때부터였다.

유진은 기회를 봐서 미카엘라에게 한번 말이라도 걸어 보려 했지만 도통 개인적인 접점이 생기지 않았다. 이런 식으로 미카엘라와 첫 대화를 할 거라고는 상상하지도 못했다. 그렇기에 이런 상황에 놀란 건 미카엘라만이 아니었다.

유진이 잠깐 머뭇거렸다. 자신이 아는 미카엘라라면 이 상황을 어영부영 넘어가려 하지 않을 것이다. 결국 유진은 사실대로 말하기로 마음먹었다.

"물어봤으니 대답해 줄게. 이건 달빛 드레스야."

달빛 드레스.

두꺼비잡기 대회의 우승자가 나온 지도 벌써 12년이 흘렀다. 지난 12년 동안 아무도 달빛 드레스를 보지 못했다는 뜻이다. 달빛 드레스는 최종 우승자만이 가질 수 있는 보물이니까.

5월 첫째 주간 동안 진행되는 두꺼비잡기 대회는 브링턴 아카데미의 오래된 전통 중 하나다. 참가 자격은 7학년 여학생들에게만 주어지는데, 규칙은 간단하다. 두꺼비잡기 위원회에서 내는 미션에 따라 학교나 마을 곳곳에 숨어 있는 두꺼비들을 찾는 것. 진짜 살아 있는 두꺼비를 잡는 건 아니고 두꺼비 문양이 찍히거나 두꺼비 모양을 한 무언가를 찾는 대회다.

두꺼비를 모두 잡은 우승자는 글로리아 홀의 입구에 붙은 금판에 '글로리아의 후계자'로 이름이 새겨진다. 또 하나, 글로리아의 보물을 착용하고 글로리아 파티에서 우승의 영광을 뽐낼 수 있다.

글로리아의 보물로 화려하게 치장한 채 모든 학생의 부러운 시선을 한 몸에 받으며 파티장에 입장하는 모습을 상상해 보지 않은 브링턴의 여학생들은 아마 아무도 없을 것이다.

그런데 지금 그 보물 중 하나인 달빛 드레스가 미카엘라의 눈앞에 있었다.

"이, 이, 이게 달빛 드레스라고요?"

커다래진 미카엘라의 눈이 두꺼비 문양이 찍힌 꾸러미에서 떨어질 줄을 몰랐다.

"그래, 12년 동안 한 번도 사람들 앞에 모습을 드러낸 적 없는 그 드레스야."

달빛 드레스를 비롯한 글로리아의 보물에 관해 떠도는 소문들은 아주 많았다. 달빛 드레스는 정말로 달빛을 모아 만들어서 입으면 은은하게 빛난다느니, 보물들이 모두 마법으로 만들어졌다느니 하는 이야기들. 하지만 공식적으로 전해 내려오는 이야기는 이렇다.

두꺼비잡기 대회 우승자가 차지하게 되는 보물은 원래 브링턴 아카데미가 있는 샐버리 마을의 수호 소녀 글로리아의 것이다. 지금으로부터 약 200년 전, 무시무시한 대마법사가 샐버리 마을을 위협했고, 그때 브링턴 아카데미 7학년에 재학 중이던 소녀 글로리아가 대마법사를 무찌르면서 입었던 옷과 장신구들이 지금까지 전해져 내려온다고.

평범한 소녀였던 글로리아가 어떻게 대마법사를 물리칠 수 있었을까.

마을 사람들은 대마법사를 이길 수 있는 사람은 아무도 없을 거라고 판단했다. 무의미한 저항으로 부상자를 내느니 빨리 항복하는 편이 최선이라는 의견이 대세였다.

그런데 마을의 최고 어르신인 마라 할머니가 마을 입구에 항복의 백기를 꽂기 직전, 글로리아가 나섰다.

"우리가 막지 못하면 결국 온 나라가 대마법사에게 넘어가고 말 거예요!"

"아무 힘도 없는 우리가 어떻게 대마법사와 싸울 수 있겠니?"

마을 사람들이 글로리아를 말렸지만 글로리아의 의지는 굳건했다. 모든 사람들이 포기한다고 자신까지 포기하면 안 된다고 생각했다.

글로리아는 마라 할머니의 손에 들린 백기를 채서 늪에 던져 버렸다. 그 순간 놀랍게도 늪에서 영롱한 빛을 뿜으며 거대한 두꺼비 한 마리가 나타났다.

전설 속의 두꺼비였다. 세상이 처음 만들어질 때 진흙으로 생명체를 만들려던 여신을 도와 늪에서 진흙을 날랐다는 두꺼비.

두꺼비는 등에 글로리아를 태우고 샐버리 마을에 숨겨진 마력의 보물을 찾아 나선다. 그리고 7일 밤낮을 헤맨 끝에 결국 네 개의 보물을 손에 넣는다.

그 보물이 바로 은하수 목걸이, 별똥별 구두, 샛별 티아라, 그리고 달빛 드레스이다.

이제 글로리아는 대마법사에게 대적할 수 있는 막강한 힘을 얻게 되었다.

마침내 네 개의 보물을 착용하고 대마법사와 마주한 글로리아. 순식간에 글로리아의 몸에서 영롱한 빛이 뿜어져 나와 대마법사의 몸을 휘감으며 그 마음을 지배하고 있던 악을 퇴치했다.

그 뒤로 브링턴 아카데미에서는 '정의의 수호 소녀 글로리아'를 기리는 축제를 이어오고 있다. 바로 '두꺼비잡기 대회'다. 당시 글로리아와 마찬가지로 브링턴 아카데미의 7학년인 여학생들을 대상으로 열리는 이 대회는 글로리아를 도왔던 신비한 두꺼비를 기려 두꺼비 문양을 지닌 무언가를 찾으면 보물을 얻는다는 규칙을 갖게 되었다.

브링턴 아카데미에 입학한 후 글로리아의 이야기를 처음 들었을 때 미카엘라는 생각했다. 모두가 포기한 순간에도 희망을 잃지 않고 마을을 지키기 위해 용기 낸 글로리아처럼 되겠노라고. 미카엘라에게 이번 두꺼비잡기 대회는 운동선수 이미지에서 탈피한다는 것 외에 하나의 목적이 더 있었던 것이다. 정의의 상징인 글로리아의 후계자에 이름을 올린다는 것. 두 가지 목적을 한꺼번에 이룰 수 있는 목표가 바로 두꺼비잡기 대회의 우승이었다.

"네가 궁금하다고 하면 달빛 드레스를 보여 줄 수도 있어."

유진의 말에 미카엘라의 숨이 턱 막혔다. 솔직히 말하면 단 한 번만이라도 좋으니 보고 싶었다. 브링턴을 다니면서 귀에 딱지가 앉을 정도로 들었던 달빛 드레스가 어떻게 생겼는지 정말 궁금했다.

그러나 이런 식으로 몰래 달빛 드레스를 보는 건 마음에 걸렸다. 미카엘라는 다른 참가자와 정정당당히 겨뤄서 두꺼비잡기의 우승자가 되고 싶지, 규칙에 어긋나는 행동을 하고 싶지는 않았다.

숨을 참았다가 폭 내쉰 미카엘라가 입을 열었다.

"이렇게 글로리아의 보물을 볼 수는 없어요. 전 두꺼비잡기 대회의 규칙에 따를 생각이고요. 이젠 선배가 이야기할 차례군요. 달빛 드레스는 우승자만 가질 수 있는데, 선배는 우승자도 아닐 뿐더러 참가 자격이 있는 7학년 여학생도 아니잖아요!"

유진이 씩 웃었다.

"그래서, 어떻게 할 생각인데?"

"일단은 교장 선생님께 이 사실을 알리고……."

"교장 선생님도 알고 계신 일이야. 정확히 말하면 지금은 이 드레스에 대한 권한이 나에게 있다고 볼 수 있지."

"네?"

미카엘라는 뻣뻣이 굳고 말았다. 유진이 가볍게 웃으며 달빛 드레스를 사물함 안에 넣더니 열쇠를 돌려 자물쇠를 잠갔다.

"이건 모두 이번 두꺼비잡기 대회를 위해서야."

"지금 저더러 그 말을 믿으라고요?"

"못 믿겠으면 교장 선생님에게 직접 물어보든가. 네 말처럼 나는 7학년 여학생도 아닌데 대체 이 드레스가 무슨 소용이겠어?"

유진은 이제 빙긋 웃기까지 했다. 그 미소는 평소 웃음과 조금 달랐다. 습관적으로 짓는 가식적인 미소가 아닌, 정말 재밌어서 짓는 미소. 미카엘라는 어쩌면 이편이 진짜 유진의 모습일지도 모른다는 생각을 했다.

"왜 교장 선생님께서 선배에게……."

"거기까지."

유진이 미카엘라의 질문을 가로막고는 말을 이었다.

"그걸 알고 싶다면 이번 대회에서 우승하면 돼. 간단하지? 아니면 다른 방법도 있긴 하지. 규칙을 깨고 여기서 너에게 모든 사실을 다 말해 주는 거."

"말도 안 돼요!"

꼬리 밟힌 고양이처럼 미카엘라가 펄쩍 뛰어올랐다. 미카엘라의 양 볼은 잘 익은 사과처럼 발갛게 물들었다.

"나는 어떤 상황에서도 당당하게 행동할 거예요."

유진이 속으로 고개를 끄덕였다. 이 반응은 확실히 지금까지 자신이 보아 왔던 미카엘라의 모습이었다.

"그럼 이야기는 끝난 거지?"

"잠깐만요."

돌아서려는 유진을 미카엘라가 가로막았다. 열린 창문 틈으로 바람이 들어왔고 이제 막 피어나기 시작한 꽃 향기가 났다. 미카엘라의 입이 생각보다 먼저 움직였다.

"정말로 선배가 아무 짓도 꾸미지 않는지 내가 직접 지켜봐야겠어요. 그러니까 이번 두꺼비잡기 대회 때 내 짝꿍이 되어 주세요!"

잠깐 멍한 표정이던 유진이 큰 소리로 웃었다.

"너, 지금 나한테 짝꿍을 신청하는 거야?"

"네, 브링턴 학생 누구에게나 짝꿍을 신청할 수 있다고 들었는데요."

"물론 규칙은 그렇지만……."

유진은 자신 앞에 당당하게 서 있는 미카엘라를 보았다. 미카엘라의 두꺼비잡기 짝꿍이 된다? 어쩌면 정말 재밌을지도 모른다. 작년 두꺼비잡기 대회 때 유진은 참가자들이 우승을 위해 얼마나 노력하는지 보았다. 물론 모두가 정정당당하게 노력하지는 않았지만.

이번 참가자 중엔 7학년의 신시아가 있었다. 브링턴 아카데미에서 가장 화려하고 예쁜 아이를 꼽는다면 한 손안에 들어갈 신시아. 두꺼비잡기 대회의 우승자가 되기 위해 신시아는 한 달 전부터 물질 공세를 펼치면서까지 자기편을 만들고 다녔다.

유진이 이를 모를 리 없었다. 유진이 보기에 미카엘라는 신시아에게 밀릴 가능성이 높아 보였다.

"그래, 좋아."

유진의 흔쾌한 대답을 들은 미카엘라의 녹색 눈동자에 안도한 빛이 반짝였다.

"정말이죠? 무르기 없기예요!"

"하지만 조건이 있어."

"뭔데요?"

"난 다른 짝꿍들처럼 널 도와줄 수 없어. 학생회장인 내가 널 도와주면 다른 애들에게 공정하지 않잖아."

미카엘라에게 불리한 조건이었다. 두꺼비잡기 대회 참가자는 한 명의 짝꿍을 정해 함께 미션을 수행할 수 있었다. 당연히 마음이 잘 맞거나 똑똑한 짝꿍을 찾느라 참가자들 모두 고심하고 또 고심했다. 참가자의 대부분은 절친한 친구나 두꺼비잡기 대회에 참가한 적 있는 8학년 선배와 짝꿍을 맺었다. 그런데 도와주지 않겠다는 짝꿍이라니. 출발부터 늦은 거나 다름없었다.

유진은 '이래도 나랑 짝꿍을 하겠다고?' 하는 표정이었다. 잠깐 고민하는 듯하던 미카엘라가 유진과 눈을 맞추고 말했다.

"그래도 좋아요. 뭐, 저도 선배에게 도움을 받는다면 조금 껄끄럽겠다고 생각했으니까요."

"진심이야?"

유진의 눈동자가 조금 커졌다. 미카엘라가 어깨를 으쓱이며 대꾸했다.

"학생회장을 짝꿍으로 선택할 수 없다는 규칙이 있는 게 아니라면, 문제없잖아요?"

"그렇다면야, 좋아. 그럼 앞으로 일주일 동안 잘 지내 보자고."

"저야말로 잘 부탁드려요. 선배에 대한 감시의 고삐도 놓지 않을 테니까 주의하시고요."

"그렇게 말하니 기대할게, 미카엘라 양. 그럼 월요일 날 두꺼비잡기 대회 개막식에서 보자."

유진이 놀리듯 말하곤 돌아서서 손을 높이 흔들며 걸어갔다. 흔들리는 손이 마지막으로 복도 모퉁이에서 사라졌다.

이제야 미카엘라는 현실로 돌아온 느낌이었다. 그리고 자신이 무슨 짓을 저질렀는지 깨달았다. 무려 학생회장 유진에게 두꺼비잡기 대회의 짝꿍이 되어 달라고 말한 것이다!

찬찬히 생각해 보니 섣불리 말할 내용이 아니었다. 브링턴 전체에 엄청난 소문거리가 될 게 뻔했다. 7학년 여학생들 사이에서 최고의 인기를 누리고 있는 유진과 일주일 동안 붙어 다녀야 한다니.

"괜히 같이하자고 했나……."

하지만 한 번 꺼낸 말은 돌이킬 수 없는 법. 미카엘라는 지난 일에 대해 깊이 고민하지 않는 편이었다.

"좋아, 가 보는 거야!"

미카엘라가 팔을 크게 뻗어 휘둘렀다.

드디어
두꺼비잡기 대회가
시작되었다

짧은 방학 동안 어딜 놀러 갔다 왔는지 카밀라의 얼굴은 보기 좋게 그을려 있었다. 까무잡잡해진 피부가 카밀라를 더욱 건강해 보이게 만들었다.

"뭐어?"

의심쩍은 눈초리로 카밀라가 미카엘라의 주위를 한 바퀴 돌았다.

"지금 내 앞에 서 있는 게 미카엘라 맞지?"

"이상한 소리 하지 말고 어쩌면 좋을지 좀 생각해 줘, 카밀라."

붉은 기가 섞인 짙은 갈색 머리칼을 귀 뒤로 넘기며 카밀라가 말했다.

"이미 네가 유진 선배에게 짝꿍을 하자고 했다면서! 선배는 그걸 받아들였고. 나더러 어떻게 해 달라는 거야? 아무튼, 이 소문을 들을 신시아의 표정이 엄청나게 궁금한걸."

"신시아? 걔가 왜?"

"신시아는 이번 두꺼비잡기 대회 우승자가 되고 싶어서 죽을 지경일 테니까. 네가 유진 선배와 짝꿍이 되었다는 사실을 알게 되면 무지무지하게 화낼걸."

"이렇게 된 건 다 이유가 있어서……."

"그래그래, 알았어. 그런데 난 네가 나한테 짝꿍 신청할 줄 알았거든."

"카밀라……."

잔뜩 울상인 미카엘라를 보고는 카밀라가 두 손을 살짝 들며 한 발 뒤로 빠졌다.

"오, 미안해할 필요 없어. 난 밖에 나돌아 다니는 거 별로 안 좋아하잖아. 네가 짝꿍을 해 달라고 부탁한다면 그동안의 우정을 봐서 허락할까 생각하고 있었을 뿐이야."

"정말이지? 나 듣기 좋으라고 하는 소리는 아니지?"

"미카엘라! 내가 언제 남 듣기 좋은 소리 하는 거 봤어? 오히려 더 잘됐어. 이번 두꺼비잡기 대회에서 네가 유진 선배와 함께 움직인다면 재밌는 사건들을 더 많이 경험할지도 모르잖아? 브링턴 아카데미 신문의 편집장으로서 좋은 특파원이 생긴 셈이지."

"완전 날 이용할 생각이로군!"

"당연하지. 이런 기회는 흔하지 않아. 그러니까 미카엘라, 날 위해서 열심히 두꺼비를 잡아 줘. 넌 글로리아의 후계자가 되고 싶다고 매일 이야기했잖아. 모르긴 몰라도 글로리아의 보물들은 네가 그토록 탐내던 잡지 속 패션 아이템들보다 훨씬 예쁠걸!"

"카밀라! 그런 이야기는 밖에서 하지 말라니까!"

미카엘라가 주변을 두리번거리면서 카밀라의 입을 틀어막았다. 카밀라는 킥킥거리면서 대꾸했다.

"뭐 어때, 부끄러운 일도 아니고."

"나한테는 좀 부끄럽다고!"

"천하의 미카엘라가 부끄러움을 탄다는 걸 알면 다들 얼마나 놀랄까. 그래서, 이번 달에 나온 신간은 샀어?"

"아니, 아직. 요새 시내에 나갈 기회가 없어서."

"바로 기숙사로 배송되는 우편 서비스를 신청하라니까."

"그럼 내가 패션 잡지 보는 걸 다른 사람들이 알아 버리잖아."

"내 이름으로 신청하면 되지."

"그런 방법이 있었구나……."

"넌 정말 잔머리는 영 못 굴려."

"그거 칭찬으로 들을게."

한숨을 폭 쉰 미카엘라가 눈을 들어 대강당 쪽을 보다가 고개를 갸웃거렸다.

"그런데 저기, 왜 저렇게 사람이 많지?"

대강당 앞에 한 무리의 학생들이 몰려 있었다. 곧 있으면 두꺼비잡기 대회 개막을 알리는 교장 선생님의 연설이 시작될 텐데도 아이들은 대강당에 들어가지 않고 바깥에 서서 웅성거렸다.

카밀라가 외쳤다.

"글로리아의 장미!"

동시에 둘은 대강당 앞으로 서둘러 뛰어갔다. 아이들 틈을 겨우 헤치고 나가자 무성한 장미 넝쿨이 보였다. 그리고 넝쿨엔 붉은 장미들이 보란 듯이 활짝 피어 있었다.

미카엘라가 입을 동그랗게 벌렸다.

"붉은 꽃이 핀 건 한 번도 본 적이 없는데. 매년 흰 장미만 피었잖아."

"그러니까 지금까지 우승자가 나오지 않았지! 와, 첫날부터 기삿거리가 생겼네. 붉은 장미가 피었으니 올해는 두꺼비잡기 대회 우승자가 탄생하겠어. 글로리아의 장미는 거짓말을 하지 않는다잖아."

단언하는 카밀라 옆에서 미카엘라가 조그맣게 속삭였다.

"정말 올해는 두꺼비잡기의 우승자가 나올까?"

"당연하지, 미카엘라. 그렇다고 그 우승자가 너라고 생각하는 건 아니지?"

미카엘라의 물음에 답한 건 카밀라가 아니었다. 장미 넝쿨 근처에 모여 있던 아이들의 시선이 모두 목소리의 주인공을 향했다. 대체 언제 다가왔는지 미카엘라 옆에 신시아가 서 있었다. 평소처럼 '팀 루나'의 멤버들을 이끌고.

팀 루나는 브링턴 아카데미에서 가장 예쁜 여자아이들의 모임이다. 그 멤버들은 어딜 가나 눈에 띄었다. 같은 교복을 입어도 다른 애들과는 달랐다. 매일매일 미용실에 다녀온 듯 손질된 머리, 공들여서 정돈한 얼굴 피부 결, 붉은 립밤으로 촉촉함을 더한 입술, 세심하게 다듬은 손톱……. 한껏 멋을 내고 무리지어 다니면서 존재감을 뽐냈다.

그런 팀 루나의 리더인 신시아를 모르는 사람은 브링턴에 단한 명도 없었다. 햇빛을 받아 금처럼 반짝이는 머리칼, 윤기 나는 피부와 자신만만한 미소까지. 신시아는 팀 루나에서도 가장 빛나는 존재였다.

비 갠 하늘처럼 새파란 신시아의 눈동자가 미카엘라를 뚫어
져라 바라보았다.

"방학 동안 네가 학교에서 무슨 짓을 벌였는지 잘 알고 있어."

신시아의 말투는 나긋나긋했다. 하지만 그 말속엔 가시가 박
혀 있었다.

"무슨 짓이라니? 그게 무슨 말이야?"

"대체 무슨 말로 유진 선배를 짝꿍으로 꾀었는지 모르겠더
라. 저번 주에 선배는 분명 이번 두꺼비잡기 대회에서 누구의
짝꿍도 하지 않을 거라고 대답했거든."

"그사이에 생각이 바뀌었을 수도 있지. 안 그래?"

카밀라가 신시아를 보고 마주 웃으며 대꾸했다. 신시아는 그
런 카밀라가 마음에 안 든다는 듯 새침한 표정을 지었다.

"아무튼 글로리아의 붉은 장미가 폈단 걸 알았으니 됐어. 너
희와 시간 낭비할 생각은 없거든!"

마지막으로 카밀라와 미카엘라를 한 번씩 쏘아본 신시아가
팀 루나 멤버들을 몰곤 대강당 안으로 사라졌다. 그 뒷모습을
바라보며 카밀라가 말했다.

"봐 봐. 신시아가 저럴 줄 알았다니까. 내 말이 맞았지, 미카엘
라?"

"난 그저 두꺼비잡기 대회에 나가고 싶었을 뿐인데 뭔가 일이

커진 것 같아."

"네가 정말로 두꺼비잡기 대회에서 우승하면 일은 더 커질 거야."

카밀라가 두고 보라는 듯 대답했다.

곧 개막식 시작을 알리는 종소리가 울렸다. 카밀라와 미카엘라도 대강당 안으로 들어갔다.

"이것으로 올해의 두꺼비잡기 대회를 시작합니다! 모든 참가자에게 별빛의 가호가 있기를!"

"별빛의 가호가 있기를!"

교장 선생님의 개회사가 끝나자 기대에 들뜬 아이들의 목소리가 대강당의 높은 천장을 울렸다. 대강당 안은 브링턴의 상징인 나팔꽃 무늬를 새긴 금빛 휘장으로 물결쳤다.

이제 합창단이 오르간 반주에 맞추어 '모닝 글로리아'를 부르기 시작했다.

"오, 글로리아, 순백의 고결함이여. 아침에 가장 먼저 피는 나팔꽃 같은 눈부심과 용기가 우리와 함께하기를. 오, 글로리아, 성스러운 마음이여……."

합창단이 종이로 만든 커다란 나팔꽃을 흔들었다. 아름다운 하모니가 참가자들에게 행운을 빌어 주는 듯했다.

후배들의 박수를 받으며 두꺼비잡기 대회 참가자들이 대강당 안을 가로질러 나갔다. 모든 학년의 선생님들이 나와 참가자들을 격려했다.

미카엘라 역시 그사이에 껴서 응원의 말들을 들었다. 미카엘라를 응원하는 펜싱부 후배들이 종이 꽃가루를 날려 주었다.

"꼭 미카엘라 선배가 우승자가 되길 응원할게요! 선배에게 별빛의 가호가 있기를!"

미카엘라의 갈색 머리칼에 색색의 꽃가루들이 붙어 반짝거렸다.

"고마워! 열심히 할게!"

그때 뒤에서 누군가가 외쳤다.

"미카엘라!"

유진이었다. 옆에 있던 카밀라가 미카엘라의 등을 밀었다.

"어서 가 봐. 곧 알림판에 미션이 뜰 텐데 짝꿍과 함께 가야지. 앞서 출발하려면 서둘러야 할걸!"

"그럼 저녁에 기숙사에서 보자, 카밀라!"

미카엘라가 후배들과 카밀라에게 손을 흔들곤 유진이 손짓하는 쪽으로 갔다. 유진은 다짜고짜 미카엘라의 팔을 잡아끌었다.

"여기서 이럴 시간 없어. 얼른 알림판으로 가서 첫 번째 미션을 확인해야지!"

"안 도와주겠다면서 서두르는 건 또 뭐예요?"

"이게 도와주는 걸로 보여? 그럼 난 그냥 옆에서 숨만 쉬고 있어야겠다? 빨리 움직이기나 하시지."

묘하게 삐진 듯한 유진의 말에 미카엘라가 피식 웃었다.

"네네, 알겠습니다, 학생회장님."

알림판은 누구나 볼 수 있도록 교정 한가운데 있는 시계탑에 붙어 있었다. 두꺼비잡기 대회 중에는 알림판에 미션들이 공지되는 동시에 두꺼비 잡기 현황이 매일매일 업데이트되었다.

미션은 총 네 가지였다. 모두가 참가할 수 있는 자유 미션이 세 가지, 그리고 자유 미션을 모두 성공한 참가자만 도전할 수 있는 비밀 미션이 하나.

각각의 미션은 정해진 마감 시간 안에 수행해야 했다. 미션에 따라 두꺼비를 잡으면 글로리아의 보물을 얻게 된다. 하지만 최종적으로 글로리아의 보물을 차지할 수 있는 사람은 두꺼비를 모두 잡은 우승자뿐. 미션에서 보물을 획득했다고 해도 최종 우승자가 되지 못하면 대회 기간이 끝나는 날 두꺼비잡기 위원회에 반납해야 했다.

두꺼비를 한 마리만 잡아도 엄청난 영광이었다. '글로리아의 축복'이라고 불리는 배지를 선물 받을 수 있었으니까. 자그마한 금색 두꺼비 모양의 배지를 교복에 달고 다니는 선배들의 모습을 후배들은 선망의 눈길로 바라보곤 했다.

아이들 무리 뒤에서 미카엘라가 까치발을 들곤 알림판을 올려다보았다.

미션 내용을 벌써 확인한 몇몇 아이들은 빠른 속도로 교정을 가로질렀다. 그중에 신시아도 있었다. 금발을 휘날리며 뛰어가는 신시아의 얼굴은 사뭇 비장해 보이기까지 했다.

"틀림없어! 두꺼비는 거기에 있을 거야! 재작년에 대회에 참가한 우리 언니한테 들은 이야기야! 빨리 가자! 먼저 도착하는 게 유리해!"

그 소리를 들은 다른 참가자들이 신시아 뒤를 따라 뛰기 시작했다.

미카엘라가 얼른 미션을 읽었다.

"첫 번째 두꺼비는 샐버리 마을 안에 숨겨져 있습니다. 가장 오래되었으면서도 새롭고 아름다운 것을 찾으세요."

신시아의 꿍수는
못 말려

"오래되고 새로우면서도 아름다운 것이라, 그게 대체 뭐지?"

옆에서 유진이 턱에 손을 괴고 중얼거렸다.

"아까 달려간 몇몇 애들은 뭘 뜻하는지 아는 것 같던데요. 먼저 도착하는 게 유리하다고······."

미카엘라의 말이 채 끝나기도 전에 누군가 큰 소리로 외쳤다.

"샐버리 박물관이야!"

웅성대는 아이들 속에서 미카엘라가 유진에게 말했다.

"맞아요! 가장 오래된 건 당연히 박물관에 있을 거예요. 게다가 이번 달에 샐버리 박물관에서 글로리아 특별 전시를 연다고 들었어요!"

브링턴 아카데미에서 샐버리 박물관까지는 걸어서 20분쯤 걸렸다. 날씨가 좋으니 걸어가는 건 문제가 되지 않았다. 다만 필요한 건······.

"스피드!"

미카엘라가 다른 아이들과 정반대 방향으로 뛰기 시작했다. 유진이 미카엘라를 놓칠세라 같이 뛰며 물었다.

"뭐 하는 거야? 박물관으로 가는 길은 저쪽이라고!"

"알고 있어요! 일단 따라와요!"

미카엘라가 도착한 곳은 브링턴 교내 자전거 보관소였다. 그제야 무슨 의도인지 알아챘다는 듯 유진이 고개를 끄덕였다.

"무작정 뛰지는 않는다, 이거지?"

"도구를 사용해야죠. 좀 낡은 자전거지만 걸어가는 것보다는 훨씬 나을 거예요!"

자전거에 올라탄 미카엘라가 가만히 선 유진을 바라보았다.

"선배는 박물관으로 안 갈 거예요?"

"네가 날 태우고 가야지! 안 도와주겠다고 했잖아."

유진의 말에 미카엘라가 어이없다는 듯 고개를 저었다.

"다른 후배들한테도 이래요?"

"너한테는 지켜야 할 이미지가 없잖아. 처음 봤을 때부터 날 도둑으로 생각한 사람에게 뭘 얼마나 더 잘해 줘야 하는데?"

"그건 그럴 만했잖아요!"

"이러는 시간에 다른 아이들은 박물관에 도착해 버릴걸?"

미카엘라가 크게 숨을 들이쉬었다. 이러다가 박물관에 정말 꼴찌로 도착할지도 몰랐다.

"좋아요, 얼른 뒤에 타요!"

"네 체력이 얼마나 좋은지 한번 시험해 보겠어! 자, 달려!"

미카엘라는 유진만큼 얄미운 사람은 없으리라 생각하며 자전거 페달을 밟았다.

신시아는 자신의 승리를 예감했다.

그 누가 제아무리 빨리 출발했대도 자동차를 이길 수는 없었다. 고급 승용차 안에서 열심히 뛰어가는 다른 아이들을 보며 신시아는 자신만만한 미소를 지어 보였다.

차 안에는 팀 루나의 멤버들이 전부 타고 있었다. 라쉬, 프리얀카, 사만다, 메이 그리고 신시아.

승용차 안은 아이 다섯 명은 충분히 탈 수 있을 정도로 넓었다. 게다가 작은 냉장고가 딸려 있었는데 그 안에는 음료수며 간식거리 들이 예쁘게 진열되어 있었다.

"어머나, 그랑제리의 봉봉 쇼콜라도 있네! 나, 이거 먹어도 돼, 신시아?"

단것이라면 뭐든지 좋아하는 프리얀카가 물었다. 신시아는 자연스럽게 웨이브 진 금색 머리칼을 귀 뒤로 넘기며 대답했다.

"그럼, 우리는 팀 루나잖아."

"고마워!"

프리얀카가 봉봉 쇼콜라의 금박 껍질을 벗기다가 문득 질문을 꺼냈다.

"그런데 말이야, 유진 선배는 정말 무슨 생각으로 그 애와 짝꿍을 했을까?"

메이가 바로 말을 받았다.

"맞아, 신시아에게 퇴짜를 놓고 고른 짝꿍이 그런 촌스러운 여자애라니. 말도 안 돼."

"붉은 장미가 피었으니 올해는 우승자가 나올 게 분명한데, 하필이면 유진 선배가 그 애와 함께하는 바람에……."

사만다의 걱정 섞인 말을 신시아가 톡 잘랐다.

"그게 뭐? 유진 선배는 그냥 학생회장일 뿐이야. 안 그래?"

나머지 멤버들이 서로의 눈치를 보았다. 제일 먼저 나선 건 신시아의 두꺼비잡기 공식 짝꿍인 아부쟁이 라쉬였다.

"물론이지! 짝꿍이 뭐가 중요하겠어? 우리가 신시아를 도와

줄 텐데. 그렇지, 얘들아?"

다른 멤버들이 열심히 고개를 끄덕였다. 신시아가 예쁘게 웃으며 멤버들을 둘러보고 물었다.

"내가 너희에게 무리한 부탁을 하는 건 아니지?"

사만다가 얼른 대답했다.

"그럼, 우리는 친구잖아."

"너희가 날 도와준다는 사실을 다른 사람들이 몰라야 한다는 것도 잘 알지?"

"우릴 믿어, 신시아."

사만다의 대답에 신시아가 만족스럽게 고개를 끄덕였다.

신시아는 유진이건 미카엘라건 자신과 게임이 되지 않을 거라 믿었다. 이쪽의 숫자가 훨씬 더 많았으니까. 물론 두꺼비잡기 대회의 규정상 공식 짝꿍만 참가자를 도울 수 있지만 신시아는 들키지만 않으면 그만이라 여겼다. 브링턴의 모두가 신시아의 꼼수를 알면서도 눈감았다. 돌아올 후환이 두려워서였다.

"저, 저건 뭐지?"

메이의 목소리가 신시아의 고막을 찢는 듯했다. 신시아가 짜증 난 얼굴로 메이가 가리킨 곳을 쳐다봤다.

"미카엘라?"

신시아의 얼굴이 순식간에 굳었다. 뒷자리에 유진을 짐짝처럼 실은 미카엘라의 자전거가 무시무시한 속도로 승용차를 쫓아오고 있었다.

"저런다고 우릴 제칠 순 없을 거야."

신시아의 말과 동시에 운전기사가 앞에서 말했다.

"무슨 공사가 있는지 마을의 도로를 막았네요, 아가씨."

"뭐? 그럼 어떡해야…… 저것들 엄청나게 가까이 왔잖아!"

"이제 차가 들어갈 수 없습니다. 여기서 박물관까지는 5분 거리니 내려서 뛰어가시는 게 좋겠습니다, 아가씨."

"나더러 뛰어가라고?"

"방법이 없잖아, 신시아!"

사만다가 타이르듯 말했다.

"무조건 내가 가장 먼저 박물관에 도착해야 해. 다들 알지?"

팀 루나 멤버들을 쏘아보며 신시아가 말했다. 사만다가 고개를 끄덕였다.

"여기는 우리가 알아서 할 테니 신시아, 너는 라쉬랑 먼저 박물관으로 가."

"사만다, 너만 믿을게. 알아서 잘해 줘."

신시아가 차에서 내렸고 그 뒤를 라쉬가 따랐다. 차 안에 남은 사만다가 메이와 프리얀카에게 말했다.

"무슨 수를 써서든지 시간을 끌어야 해!"

그렇게까지 해서
우승하고 싶진 않아

숨이 턱 끝까지 차올랐지만 미카엘라는 페달 밟기를 멈추지 않았다. 자전거를 끌고 나온 건 확실히 잘한 일이었다. 가장 앞서 뛰던 아이들까지 제쳤을 때, 미카엘라는 운동을 배워서 참 다행이라고 생각했다.

"더 빨리!"

유진이 뒤에서 잔소리를 해 댔다. 미카엘라가 헉헉대며 대꾸했다.

"이미 우리가 일 등이라고요. 뭘 더 빨리 가요?"

"어허, 절대 우리가 일 등이 아니니까 하는 소리지."

유진이 손가락으로 앞을 가리켰다. 미카엘라가 고개를 들어 그쪽을 쳐다보았다.

"신시아?"

멋진 검은 승용차에서 금발머리를 휘날리며 신시아가 급히 내리고 있었다. 뒤이어 신시아의 짝꿍인 라쉬도 쫓아 내렸다.

"자동차를 타고 왔군. 잔머리를 굴렸어."

유진이 어이없다는 듯 고개를 절레절레 저었다. 동시에 미카엘라가 큰 소리로 외쳤다.

"저 꽉 잡아요!"

"응?"

유진의 입에서 으아악 소리가 났다.

미카엘라의 다리가 사정없이 움직였다. 사람의 힘으로 돌아가는 폭주 전차라 할 만했다. 차에서 내린 신시아는 이제 시야에서 사라지고 없었다. 미카엘라의 마음이 더 초조해지면서 문득 한 가지 의문이 떠올랐다.

'왜 팀 루나 다른 멤버들은 신시아를 따라가지 않지?'

그때 미카엘라 뒤에서 유진이 외쳤다.

"앞을 조심해!"

프리안카와 메이가 길가에 세워진 작은 표지판을 길 중앙으로 끌어내고 있었다.

"그거 치워!"

미카엘라가 외쳤다. 하지만 이미 거리가 너무 가까웠다. 설상 가상으로 브레이크가 말을 듣지 않았다. 속력이 붙을 대로 붙어 버린 자전거가 표지판을 향해 돌진하기 시작했다.

"저기!"

유진이 다급하게 외치며 누군가를 가리켰다.

지팡이를 짚고 선글라스를 쓴 할머니가 고개를 숙인 채 표지판 쪽으로 걸어오고 있었다. 미카엘라가 놀라서 소리쳤다.

"할머니, 피하세요!"

할머니는 우뚝 멈춰서 하얗게 센 머리를 잠깐 들어 올렸다. 그게 다였다. 무슨 일인지 파악하지 못하겠다는 표정이었다. 유진이 미카엘라에게 외쳤다.

"눈이 안 보이시는 거야!"

미카엘라는 계속 브레이크를 힘껏 잡았지만 자전거는 멈출 생각을 하지 않았다. 표지판과 할머니, 그리고 미카엘라와 유진이 탄 자전거가 한곳에서 충돌하기 일보 직전이었다.

그때 갑자기 사만다가 튀어나와 '공사 중'이라고 쓰인 가림 천을 미카엘라 쪽으로 던졌다. 미카엘라는 눈을 꽉 감곤 잡고 있던 핸들을 옆으로 홱 꺾었다.

쾅!

넘어진 자전거의 바퀴가 빙빙 돌아갔다.

바닥에 쓰러진 미카엘라가 겨우 눈을 뜨곤 주변을 살펴보았다. 내동댕이쳐진 자전거, 그 옆에 쓰러져 있는 유진. 그나마 핸들을 꺾어서 충돌만은 면할 수 있었다.

'할머니는 어떻게 됐지?'

서둘러 자리에서 일어나 보니 할머니는 자전거 저편에 넘어져 있었다. 미카엘라는 바로 할머니 옆으로 달려갔다.

"괜찮으세요?"

"괜, 괜찮다. 갑자기 위에서 뭔가가 날아와서는……."

할머니 옆엔 사만다가 던진 가림 천이 널브러져 있었다. 얇은 비닐로 만들어진 가림 천이라 충격이 크지는 않았다. 만약 저게 자전거 위로 떨어져 시야를 가렸더라면……. 미카엘라가 몸서리쳤다.

"뭔가 커다란 소리가 나던데……. 얘야, 너는 괜찮니?"

"저는 괜찮아요! 살짝 넘어진 것뿐이에요."

"눈이 보이지 않으니 뭐가 날아와도 알 수가 있어야지. 크게 다친 사람이 없어 다행이구나. 어휴, 어찌나 깜짝 놀랐는지."

"좀 앉아 계시면 놀란 마음이 좀 가라앉으실 거예요."

미카엘라의 부축을 받고 할머니가 벤치에 앉았다. 인상이 좋은 할머니였다.

"미카엘라, 괜찮아? 할머님도 다치신 곳 없으세요?"

유진의 밀짚색 머리칼은 사정없이 헝클어져 있었다.

"나는 괜찮아요. 팔꿈치가 좀 까지긴 했지만 스친 정도고."

미카엘라의 대답을 들은 할머니가 놀란 얼굴이 되었다.

"어디 다쳤니? 나한테 약이 있단다. 상처는 빨리빨리 치료해야……."

더듬더듬 핸드백을 찾던 할머니의 손이 문득 목으로 향했다. 곧 할머니 낯빛이 창백해졌다. 그 얼굴을 본 미카엘라가 놀라 물었다.

"왜 그러세요?"

"내 목걸이가 사라졌구나!"

"목걸이요? 어떻게 생긴……."

툭.

무언가가 미카엘라의 발치로 굴러왔다. 눈을 찡그리며 미카엘라가 그것을 집어 들었다. 하얀 광택이 나는 작고 동그란 구슬이었다. 미카엘라의 머릿속에 최악의 상황이 그려졌다.

"할머니, 혹시 걸고 계셨던 목걸이가 진주 목걸이인가요?"

"맞아, 그걸 어떻게 알았니?"

미카엘라가 유진에게 당황한 눈빛을 보냈다. 유진은 고개를 살짝 내저으며 자전거가 쓰러진 곳을 가리켰다. 진주들이 햇빛을 받아 반짝이며 길에 눈물방울처럼 떨어져 있었다.

미카엘라는 목멘 소리로 겨우 답했다.

"…… 길에 떨어져 있거든요."

"잃어버린 줄 알았는데, 다행이구나! 그럼 그걸 좀 주워 주겠니? 나에겐 아주 중요한 물건이거든."

"그게요, 할머니……."

말을 채 잇지 못하는 미카엘라를 대신해 유진이 설명했다.

"넘어지실 때 실이 끊어졌는지 진주알들이 사방으로 흩어져 있어요."

할머니의 얼굴이 놀람과 슬픔으로 가득 찼다.

할머니한테 가림 천을 던진 사만다는 이미 찾을 수 없었다. 메이와 프리얀카도 보이지 않았다. 아마 성공적으로 길을 막았다는 것만 확인하고는 도망쳐 버린 게 분명했다.

뎅뎅뎅.

샐버리 종탑에서 12시를 알리는 종이 울렸다. 몇몇 아이들이 박물관 쪽으로 달려갔다.

미카엘라의 머릿속이 복잡해졌다. 지금 달려가면 두꺼비를 잡을 수 있을까. 첫 번째 두꺼비잡기부터 망친다면 우승은 물 건너간 셈이었다.

"너희도 중요한 일이 있는 것 같은데 가 보려무나. 이만큼 도와준 것만 해도 고맙단다."

할머니는 미카엘라의 머뭇거림을 알아챈 듯했다.

두꺼비잡기 대회 우승은 미카엘라의 꿈이었다. 꼭 우승해서 볼품없이 생긴 운동선수 이미지를 씻고 글로리아처럼 되고 싶었다. 그렇다고 곤경에 처한 사람을 모르는 척 지나칠 순 없었다. 그건 미카엘라의 원칙에 어긋나는 일이었다.

미카엘라가 박물관 쪽을 흘깃 바라보았다. 잠깐 눈을 감았다 뜬 미카엘라는 쾌활한 목소리로 답했다.

"제가 도와 드릴게요!"

"저기, 저 사이에 있어!"

유진의 도움으로 미카엘라는 보도블록 틈 사이에서 마지막 진주를 빼냈다. 길바닥에 사방으로 널린 진주를 줍는 일은 생각보다 어려웠다.

미카엘라가 겨우 허리를 펴고 일어났다.

"아이고야."

"그러니까 왜 나서? 네가 저지른 사고도 아닌데. 사만다가 던진 가림 천 때문이니까 그 애가 책임져야 하잖아."

유진의 대꾸에는 잔뜩 짜증이 배어 있었다.

"그런 걸 따질 일인가요. 그리고 저도 어느 정도 책임이 있어요."

"미카엘라, 너도 참 고지식해서 탈이다."

말은 그렇게 했지만 유진의 손안에는 이미 진주가 한 주먹 들려 있었다.

"선배는 왜 도와주는데요?"

"당연하잖아, 네 짝꿍이니까."

"언제는 보고만 있겠다면서요."

"상황에 따라 다를 수도 있지, 뭐!"

"아무튼, 고마워요. 덕분에 진주를 빨리 찾을 수 있었네요."

"그럼 뭐해, 두꺼비는 이미 신시아가 잡았을 텐데."

"잡으라면 잡으라죠. 전 그렇게까지 해서 우승자가 되고 싶진 않아요."

"벌써 포기야?"

"그럴 리가요! 우승은 물 건너갔지만 여기서 포기하진 않아요. 남은 모든 미션에도 최선을 다할 거라고요. 두꺼비를 한 마리라도 잡으면 글로리아의 축복 배지를 받는 거 몰라요?"

"그래, 미카엘라답다."

미카엘라가 씩 웃고는 할머니를 향해 외쳤다.

"할머니, 진주들을 다 찾았어요! 모두 99개 맞죠?"

"하나도 빠뜨리지 않고 다 찾았구나!"

"그런데요 할머니, 진주를 꿸 수 있는 실이 없어요."

"아, 그건 나에게 맡겨 둬!"

유진이 자신 있게 외치더니 얼른 길 건너편의 건물로 달려갔다. 그러고는 곧 손에 뭔가를 들고 재빠르게 되돌아왔다. 미카엘라가 물었다.

"그게 뭐예요?"

"뭐긴 뭐야, 명주실이지! 십자수 가게에서 얻었어. 그 집 아주머니랑 잘 아는 사이거든."

둘의 대화를 들은 할머니의 얼굴이 환히 밝아졌다.

"오오라, 명주실 정도면 임시방편은 되겠다. 잘 생각했구나."

"그럼 여기에 진주를 꿸게요. 목걸이가 어떤 모양이었는지 기억하세요, 할머니?"

미카엘라의 질문에 잠깐 기억을 더듬던 할머니가 입을 열었다.

"가장 큰 진주가 가운데에 있었고 끝으로 갈수록 작은 진주들이 있었지. 두 겹으로 만들어졌고 목에 걸면 아래로 길게 늘어지는 모양이었단다."

할머니의 말을 들으며 미카엘라는 이 진주알들이 꿰어진 목걸이의 모양새를 상상했다.

"제가 원래대로 예쁘게 만들 수 있을지는 모르겠지만 최대한 비슷하게 만들도록 노력해 볼게요!"

할머니가 부드럽게 웃었다.

"분명 예쁘게 만들 수 있을 게다."

유진이 명주실의 한쪽을 잡고 미카엘라가 크기 순으로 진주들을 하나씩 실에 꿰었다. 진주가 어느 정도 꿰어졌다 싶으면 할머니에게 가져가 제대로 꿰어 나가는지 확인을 받았다.

작업은 더뎠다. 중간에 한 번 미카엘라가 잡고 있던 실을 놓치는 바람에 처음부터 다시 시작하기도 했다.

박물관으로 향하던 몇몇 학생들이 벤치에 앉아 진주알을 꿰고 있는 미카엘라와 유진을 이상하다는 듯 바라보곤 지나쳤다. 무슨 일인지 궁금할 법도 하지만, 그 애들은 여기에 낭비할 시간이 없다는 걸 잘 알았다.

하늘 한복판에 떠 있던 해가 점차 서쪽으로 넘어갔다. 미카엘라와 유진은 말없이 진주알만 꿰었다.

마침내 마지막 진주알이 실을 가로질렀다.

"아!"

실 끝을 매듭지은 미카엘라가 완성된 진주 목걸이를 들어 올렸다. 지는 석양빛에 하얀 진주가 은은한 빛을 발했다. 미카엘라의 손가락 사이에서 반짝이는 진주들이 꼭 별 가루처럼 보였다.

"정말 예쁘다."

미카엘라가 중얼거리고 잠시 목걸이를 빤히 보았다. 그러고는 완성된 목걸이를 할머니의 손에 올려놓았다.

"목걸이가 완성됐어요."

손으로 진주알을 훑는 할머니의 얼굴에서 미소가 번졌다.

"꽤 힘들었을 텐데 정말 잘했구나. 고맙다, 고마워."

할머니가 미카엘라와 유진의 손을 잡고 토닥였다.

"어머나, 저기 누구지? 미카엘라?"

누군가 이쪽을 향해 걸어왔다.

"정말로 미카엘라네. 이제 삼십 분 후면 첫 번째 미션 마감인데 여기서 뭐하고 있니?"

신시아였다. 그 뒤에선 팀 루나 멤버들이 비웃는 표정으로 미카엘라를 바라보았다.

"봉사 활동이라도 하는 거야? 그것도 좋지, 괜한 데 힘 빼는 것보다야. 어차피 두꺼비잡기 우승자는 내가 될 테니까."

"그런 말 하려고 여기까지 왔어? 참 할 일이 없구나, 신시아."

미카엘라의 말에 신시아의 고운 이마가 찡그러졌다. 하지만 곧 평소의 거만한 표정으로 돌아왔다.

"됐어, 어차피 첫 번째 두꺼비는 내가 잡았으니까."

신시아가 손에 들고 있던 금색 두꺼비 모양 보석함을 보란 듯이 흔들어 보였다.

"휴, 박물관에서 이걸 찾느라 조금 힘들었어. 그래도 다 추억 아니겠니? 그럼, 난 먼저 갈게."

신시아가 상큼한 미소를 날리고 대기하던 차에 올라탔다.

안 보이는 눈을 찡그리며 할머니가 물었다.

"두꺼비잡기 대회가 오늘부터니, 얘들아?"

"네, 오늘이 첫날이에요. 이제 다 지나갔지만요. 첫 번째 두꺼비도 이미 잡혔고요."

미카엘라의 대답을 듣고는 할머니가 고개를 갸웃거렸다.

"잡혔다고?"

유진이 답했다.

"네, 아까 저희랑 이야기한 애 있죠? 그 애가 잡았대요."

"그럴 리가 없는데……"

할머니가 핸드백에서 주섬주섬 뭔가를 꺼냈다. 동시에 미카엘라와 유진의 눈이 휘둥그레졌다. 미카엘라는 아예 펄쩍 뛰었다. 할머니 손에 아까 신시아가 찾았다던 것과 똑같이 생긴 두꺼비 모양 보석함이 들려 있었다. 다만 다른 점이라면 할머니 보석함의 두꺼비 머리에는 작은 왕관이 씌어 있다는 것이었다.

"너희도 브링턴 아카데미 학생들인 것 같은데, 맞니?"

"네, 저도 이번에 두꺼비잡기 대회에 참가했어요."

할머니가 미카엘라를 향해 푸근한 미소를 짓고는 말했다.

"첫 번째 두꺼비잡기의 미션이 가장 오래되었으면서도 새롭고 아름다운 것을 찾으라는 거지? 자, 받으렴."

"이게……."

멍한 얼굴로 미카엘라가 자신의 손에 들린 것을 내려다보았다. 두꺼비 보석함 안에는 조금 전에 유진과 함께 일일이 손으로 꿴 진주 목걸이가 놓여 있었다. 붉은 벨벳 안감 위에 놓인 새하얀 목걸이가 아름답게 반짝였다.

"그래, 이게 오늘 잡아야 할 두꺼비란다. 그리고 네가 좀 전에 새로 꿴 게 바로 글로리아의 보물, 은하수 목걸이지."

"분명히 신시아가……."

"박물관이 아니라 다른 곳을 갔어도 비슷한 두꺼비들을 찾을 수 있었을 게다. 매해 이 대회를 위해서 마을 사람들이 숨겨 놓은 가짜 두꺼비지. 하지만 진짜는 단 하나."

유진이 신이 난 목소리로 외쳤다.

"가장 오래되었으면서도 새롭고 아름다운 것, 바로 이거야! 할머니의 오래된 진주를 새 실에 새로 꿰었잖아. 아름다운 거야 말할 것도 없지!"

미카엘라는 믿을 수가 없었다.

"저, 정말로 제가 이걸 가져도 돼요?"

"아무렴. 넌 이 두꺼비를 잡을 자격이 충분한걸. 정의의 수호 소녀 글로리아를 기리는 대회잖니. 그런 마음씨를 가진 소녀가 두꺼비를 잡아야 마땅하지."

할머니가 더듬더듬 미카엘라의 손을 찾아 꼭 잡아 주었다.

하늘이 어둠에 잠기고 있었다. 미카엘라는 오늘 두꺼비를 구경조차 못 할 거라 생각했었다. 눈을 깜박였다. 꿈이 아니었다.

"자, 이제 얼른 돌아가야지! 마감 시간이 다가오지 않았니?"

"아, 맞다!"

할머니의 말에 미카엘라가 자리에서 벌떡 일어났다. 제시간 안에 학교로 들어가지 못한다면 모두 허사였다.

"정말 감사합니다, 할머니!"

"고맙다는 말은 내가 해야지. 올해의 우승자가 되기를 빌어 주마."

유진이 재빨리 미카엘라 앞으로 자전거를 끌고 왔다. 삐걱거리긴 했지만 다행히도 망가지지는 않았다. 자전거에 올라타는 미카엘라에게 유진이 말했다.

"이제 십오 분 남았어. 가능하겠어?"

"해 봐야죠. 되든 안 되든."

"좋았어. 참, 브레이크 고장 난 거 잊지 말고!"

샛별이 떠오른 밤하늘을 배경으로 별똥별보다도 더 빠르게 자전거 한 대가 지나갔다.

가장 사랑이 많은 곳에 있는
네 번째 여왕???

카페테리아 안은 기묘한 분위기에 휩싸여 있었다.

점심 메뉴는 폭신한 버터 팬케이크였다. 위에 뿌려진 메이플 시럽이 노릇하게 구워진 팬케이크 사이로 미끄러져 사라졌다. 평소에 좋아하는 메뉴인데도 미카엘라는 제대로 맛조차 느낄 수 없었다.

신시아는 오늘도 핑크 테이블에 앉아 있었다. 하얀색 식탁보가 깔린 다른 테이블과는 다르게 핑크색 식탁보가 깔린 그 자리에는 아무리 카페테리아가 붐벼도 오로지 팀 루나 아이들만

앉았다. 그건 누구도 거스를 수 없는 브링턴 내의 암묵적인 룰이었다. 신시아의 표정은 평소와 다름없었지만 그 아이가 어떤 기분일지는 그 자리에 있는 모두가 짐작할 수 있었다.

미카엘라의 앞에 앉은 카밀라가 속삭였다.

"정말 운이 좋았어, 미카엘라. 미션 마감 시간 삼 분 전에 들어왔잖아. 늦었으면 어쩔 뻔했어."

미카엘라가 진짜 두꺼비를 잡았다는 소문은 이미 교내에 파다하게 퍼졌다. 신시아의 체면이 말이 아니었다. 어제 두꺼비를 잡았다며 그렇게 잘난 척을 했으니까. 자기가 잡은 두꺼비가 가짜란 걸 안 신시아의 표정을 못 봐서 안타깝다며 카밀라가 킬킬댔다.

이 일로 팀 루나의 눈치를 보는 아이들은 미카엘라의 근처에 오지도 않으려고 했다. 괜히 신시아의 눈 밖에 났다가 귀찮은 일에 휘말리는 건 질색이니까. 브링턴의 학생들 대부분이 잘난 척하고 다니는 신시아를 싫어했지만 앞에서는 절대 내색하지 않았다.

물론 유진은 아무의 눈치도 보지 않았다.

"좋은 아침이군, 미래의 우승자님."

카페테리아 안으로 들어온 유진이 팬케이크 접시를 들고 미카엘라 옆자리에 앉았다.

미카엘라의 신경이 곤두섰다. 몇몇 아이가 눈을 동그랗게 뜨고 이쪽을 주시하는 게 느껴졌다. 눈은 다른 데를 보았지만 신시아의 신경 역시 이쪽에 쏠려 있는 듯했다. 미카엘라는 유진을 쳐다보고 쏘아붙였다.

"뭐예요?"

"뭐냐니. 두꺼비잡기 대회 기간 동안 함께할 전우에게 할 소리야, 그게?"

"도와주지도 않는 사람이 무슨 전우예요. 할 말 있으면 얼른 하고 가세요. 전 지금 받는 주목만으로도 충분하니까."

딱 잘라 말하는 미카엘라를 보며 유진이 웃었다.

"우승자가 되면 앞으로 졸업할 때까지 관심을 받을 텐데 미리 적응해 놓는 것도 좋지 않겠어?"

"겨우 첫 번째 두꺼비를 잡았을 뿐이에요. 괜한 기대 하지 말라고요."

유진이 어깨를 으쓱여 보였다.

"난 그저 알림판에 다음 미션이 떴다는 걸 알려 주려고 왔을 뿐이야."

유진의 말이 끝나기 무섭게 카페테리아 안에 있던 7학년 여학생들이 술렁였다. 그중 몇은 접시를 자리에 놔두고는 뛰어나갔다. 핑크 테이블의 프리얀카 역시 자리에서 일어나 뛰쳐나갔다.

미카엘라가 유진에게 물었다.

"다음 미션이 뭔데요?"

"학교 안 사람이 가장 많은 곳에서 '네 번째 여왕'을 찾아라. 여왕이 두꺼비의 행방을 알려 줄 것이다."

미카엘라는 미션이 무엇을 뜻하는지 이해할 수 없었다. 그건 카밀라도 마찬가지인 모양이었다. 유진은 자신과는 상관없는 일이라는 듯 앉아서 미카엘라를 지켜보았다.

포크를 입에 문 채 미카엘라는 곰곰이 생각에 잠겼다. 일단은 학교 안에서 가장 사람이 많은 곳을 찾아내야 했다. 그다음이 네 번째 여왕.

"운동장일까?"

"운동장은 사람이 많이 모일 수 있는 곳이지 사람이 모여 있는 곳은 아니잖아."

카밀라의 대답에 미카엘라가 고개를 끄덕였다. 게다가 운동장에 네 번째 여왕인지 뭔지가 있다면 알아차리지 못할 리가 없었다.

"그럼 기숙사?"

"하지만 기숙사는 낮에 거의 아무도 없잖아."

"그럼 어디지? 휴, 몸으로 하는 거면 그나마 낫지 이게 뭐야. 난 머리 쓰는 덴 꽝이란 말이야. 아니다, 그만하자. 너한테 이러는 건 규칙 위반이니까."

미카엘라가 우는소리를 하자 카밀라가 침착하게 대답했다.

"천천히 생각해 봐. 다른 아이들도 다 마찬가지일 거야."

두 번째 미션이 알림판에 올라온 지 벌써 하루가 지났다. 이번 미션은 난이도가 높아서인지 첫 번째 미션 때보다 마감 시간이 하루 더 길었다.

아직 답을 찾은 사람은 아무도 없었다. 아예 학교 전체를 차근차근 뒤져 보는 아이들도 있었다. 중요한 건 장소가 아니라 네 번째 여왕을 찾는 거니까.

"신시아는 벌써 1학년부터 3학년 교실까지 다 뒤졌대."

펜싱 검으로 히스 덤불을 요리조리 찔러 보는 미카엘라에게 유진이 지나가듯 말했다.

"알고 있어요. 기숙사 휴게실에서 메이가 자랑하듯 말했으니까요."

"덤불 따위 아무리 찔러 봤자 두꺼비는 없을걸."

"도와주지 않을 거면 입이라도 다물고 있어 줄래요?"

"다른 애들은 나랑 말 한번 하고 싶어서 난리인데 너는 왜 그 모양이야?"

"그 애들도 선배의 이런 모습을 보면 도망가고 싶을걸요."

"아닐걸."

자신 있게 말하는 유진을 보며 미카엘라가 고개를 살래살래 내저었다.

유진이 진심 어린 목소리로 조언했다.

"어쩌면 정말로 학교를 다 뒤지는 게 빠를지도 몰라."

"신시아는 도와주는 애들이 많잖아요. 저랑은 다르다고요."

미카엘라는 '하나 있는 짝꿍마저 도와주지 않는데 대체 뭘 바라겠어요.' 하는 속마음은 입 밖으로 꺼내지 않았다. 유진이 속 좁다는 걸 잘 알았으니까.

"카밀라는 어디 있어?"

"도서관 청소 하고 있어요."

"도서관? 카밀라는 신문부잖아."

"도서부이기도 해요. 카밀라는 글자에 관계된 거면 책이든 신문이든 상관없이 좋아하거든요."

"카밀라 도움을 좀 받을까 했더니 오늘은 틀렸군. 엄청나게 넓은 도서관을 다 청소하려면 꼬박 하루는 걸릴 테니까."

유진의 말대로 브링턴의 도서관은 여느 공공 도서관 못지않게 규모가 컸다.

유진이 문득 딴소리를 던졌다.

"둘이 취미가 많이 다르네."

"카밀라는 이야기하는 걸 좋아해요. 저는 듣는 걸 좋아하고요. 재밌는 책을 읽으면 카밀라가 이야기해 줘요. 얼마나 실감 나게 이야기하는지 주인공들이 꼭 살아 있는 것처럼……."

순간 미카엘라의 녹색 눈동자가 잠깐 멍해졌다. 유진이 의아한 눈으로 미카엘라를 바라보았다.

"왜 말을 하다 말아?"

미카엘라는 대꾸도 않고 혼자 중얼거렸다.

"학교 안에서 가장 사람이 많은 곳."

질문부터 조금 이상했다. 살아 있는 사람들은 움직이기 마련이다. 기숙사에 있다가 교실로 갔다가 강당으로 모이고 다시 흩어지고. 순간순간 일일이 그 수를 세기란 불가능했다.

"그 사람이 살아 있는 사람이 아니라면?"

"그게 무슨 무서운 이야기야! 담력 훈련도 아니고."

유진이 버럭 하자 미카엘라가 차근차근 설명했다.

"미션에서는 그냥 사람이라고만 했지 살아 있는 사람이라고 한 적은 없잖아요. 그리고 네 번째 여왕. 만약 그게 진짜 사람이라면 대체 어떻게 알아봐야 할까요?"

미카엘라는 진지한 말투로 자기 질문에 대답했다.

"제 생각에 '학교 안에 사람이 가장 많은 곳'은…… 도서관이에요!"

책에 등장하는 수많은 인물, 울고 웃으며 저마다의 이야기를 만들어 나가는 사람들, 누군가 자신의 이야기를 들어 주길 기다리며 서가 안에 조용히 잠들어 있는 이들……. 이제 미카엘라의 얼굴은 확신에 찼다.

"책 한 권에 등장하는 사람의 숫자도 많은데 도서관에 있는 모든 책의 등장인물을 세면 대체 몇 명일까요! 분명 브링턴 안에서 아니, 이 샐버리 마을 안에서 가장 많을걸요!"

유진이 크게 고개를 끄덕였다.

"그렇다면 네 번째 여왕은 아마 책 속의 등장인물을 가리킬 테지. 그래, 이제야 좀 이해가 가는데! 대단해, 미카엘라!"

미카엘라와 유진은 곧장 도서관으로 향했다.

그들이 사라진 자리, 저만치 나무 그늘서 누군가 나왔다.

"도서관이라니. 얼른 신시아에게 알려 줘야겠어."

사만다였다.

흠,
뭔가…….

긁적..

폭풍 전 고요 같은
이 느낌은
기분 탓이겠지?

팀 루나 일당,
도서관을 점령하다니!

　카밀라는 어안이 벙벙한 얼굴로 도서관 문을 바라보았다. 조금 전까지 안에서 책 정리를 하던 참이었다.

　도서부원들 말고 아무도 없는 도서관은 고요했다. 봄 햇살이 색색의 스테인드글라스로 넘어 들어와 도서관의 바닥에 아름다운 무늬를 그렸다. 브링턴 아카데미의 도서관은 오랜 역사만큼이나 고풍스러운 아름다움을 뽐냈다.

　본관 옆 건물 이 층에 자리한 도서관은 가운데가 뻥 뚫린 도넛 모양의 공간이었다. 중앙 계단엔 발소리가 나지 않도록 폭신

폭신한 카펫이 깔렸고 난간에는 브링턴의 상징인 나팔꽃 무늬가 새겨져 있었다. 원 모양으로 뱅 둘러 있는 탁자에는 일인용 독서대와 램프들이 줄지었다.

도서관은 도서부원들의 자랑이자 이야기와 활자를 사랑하는 학생들의 고요한 낙원이었다. 지금까지 그 고요함을 깬 사람은 아무도 없었다, 지금까지는.

"대체 이게 무슨 짓이야!"

카밀라가 문을 쾅쾅 두드렸지만 굳게 닫힌 도서관 문은 열리지 않았다.

"문 열어, 신시아!"

갑자기 도서관에 들이닥친 신시아와 팀 루나, 6학년 여자아이 몇몇이 도서부원들을 바깥으로 내몰고는 안에서 문을 잠가 버렸다. 카밀라와 도서부원들이 얼떨떨하게 떠밀린 사이에 그들이 도서관을 점령해 버린 것이다.

이제 카밀라는 건물 밖으로 나가 도서관 창을 향해 소리 질렀다.

"신시아! 문 열라고!"

잠시 뒤 이 층 창문이 열렸다. 모습을 드러낸 건 신시아가 아니라 라쉬였다. 높게 올려 묶은 라쉬의 갈색 머리칼이 아래에 있는 아이들을 놀리듯 얄밉게 흔들거렸다.

"우린 너희를 도와주러 왔어. 이렇게 넓은 도서관을 너희끼리만 청소하려면 너무 힘들잖아. 걱정하지 말고 돌아가. 우리가 깨끗하게 청소 잘해 줄 테니까."

"이게 어딜 봐서 도와주는 거야? 일방적으로 우리를 내쫓았잖아! 그 안에서 대체 뭘 하려는 거야?"

씩씩대며 소리치는 카밀라의 목소리가 쩌렁쩌렁했다.

"아까 말했잖아. 못 들었어? 청소 도와주려고 왔다니까. 비상 열쇠는 이미 우리가 도서부장 선배한테서 받아 왔으니까 괜히 헛걸음하지 말고."

"그걸 부장 선배가 왜 너네한테 줘?"

"몰랐어? 부장 선배랑 신시아가 얼마나 친한데 이런 부탁 하나 못 들어 줄까 봐. 아무튼 넌 이제 가서 좀 쉬렴. 나머지 청소는 우리가 할게."

라쉬가 상큼한 미소를 날리고 창문을 탁 닫아 버렸다.

떠밀려 나온 도서부원들 모두 이게 무슨 상황인지 모르겠다는 표정이었다. 도서관만큼 팀 루나와 어울리지 않는 장소도 드물었다. 외모와 패션 뽐내기나 좋아했지 도서관 근처에는 얼씬도 한 적 없으니까.

"카밀라!"

미카엘라와 유진이 도서관 앞으로 달려왔다.

신시아와 미카엘라, 그리고 유진까지……. 카밀라는 바로 신시아가 왜 도서관의 문을 잠갔는지 파악했다. 두꺼비잡기와 관련 있는 게 아니라면 신시아가 이렇게 행동할 리 없었다.

"왜 다들 바깥에 나와 있어?"

미카엘라가 카밀라에게 물었다.

"도서관을 신시아가 점령해 버렸어!"

"그게 무슨 말이야?"

카밀라가 미카엘라와 유진에게 조금 전에 일어났던 일을 짧게 이야기해 주었다.

미카엘라는 좀 이상하다는 생각이 들었다. 신시아도 도서관이 이번 미션에 대한 답이라는 걸 알아챈 걸까. 그렇다기엔 타이밍이 애매했다. 오늘 아침만 해도 팀 루나 멤버들은 교실들을 샅샅이 뒤지고 있었으니까.

"쟤네들, 규칙에 어긋나는 거 아니에요?"

카밀라가 화난 목소리로 유진에게 물었다. 사실 유진도 브링턴에서 이런 일은 처음이었다.

"도서부장에게 열쇠를 받아 왔다면 허락받은 거나 마찬가지잖아."

"그래도……."

둘의 이야기를 듣고 있던 미카엘라가 입을 열었다.

"일단 기다려 보자. 여기가 최종 목적지는 아닐 테니까."

"미카엘라, 그건 또 무슨 소리야?"

유진이 의아한 눈으로 미카엘라를 바라보았다.

"도서관 안에서 찾을 수 있는 건 네 번째 여왕뿐이에요. 네 번째 여왕이 두꺼비의 행방을 알려 주겠다고 했으니까, 두꺼비가 이 안에 있지는 않을 거예요."

"확실히 그렇군. 그럼 우리가 할 수 있는 일은 하나뿐이네. 이 앞에서 저 애들이 어디로 가는지 지켜보는 것."

"약은 방법이지만 저 애들이 도서관 문까지 걸어 잠갔으니 어쩔 수 없죠."

옆에서 가만히 미카엘라와 유진의 대화를 듣고 있던 카밀라가 나머지 도서부원들에게 그만 가도 좋다고 말했다. 도서관 건물 앞에는 이제 셋만이 남았다.

"네 번째 여왕, 네 번째 여왕……."

신경질적으로 중얼거리며 신시아가 도서관 복도를 왔다 갔다 했다. 팀 루나 아이들은 그런 신시아의 눈치만 볼 뿐이었다.

팀 루나 멤버에 6학년 후배들까지 동원해서 서가 여기저기를 뒤지곤 있었지만 네 번째 여왕은 도통 나올 줄을 몰랐다. 사실 그게 뭔지도 아리송했다. 신시아가 입술을 깨물었다. 도서부장의 허락을 받고 들어오긴 했지만 도서관의 문을 잠그기까지 한 이상 시간을 오래 끌 수는 없었다.

'하지만 내가 선택할 방법은 이것뿐이야.'

신시아의 새파란 눈동자가 결의를 다지듯 깜박였다. 이미 한 번의 기회를 너무나 어이없게 빼앗겨 버렸다. 우승은 물 건너갔지만, 이대로 두꺼비를 한 마리도 못 잡고 나가떨어질 순 없었다. 두꺼비를 한 마리라도 잡으면 주어지는 글로리아의 배지 따위가 탐나서 그런 건 아니었다. 이건 자존심이 걸린 문제였다. 미카엘라 따위에게 우승자 자리를 내줄 수는 없었다.

꿈속에서 신시아는 언제나 두꺼비잡기 대회의 우승자였다. 온몸에 글로리아의 보물을 두른 채 그 누구보다 가장 예쁜 모습으로 글로리아 파티에 등장하는 꿈은 꼭 곧 다가올 현실로 느껴졌다.

'미카엘라……'

운동만 좋아하는 괴짜라고 생각했기에 신시아는 미카엘라를 한 번도 자신의 적수로 생각해 본 적이 없었다. 그런데 사건은 전혀 예상하지 못한 방향으로 흘렀다. 더 신경이 쓰이는 건 그 애 옆에 유진이 있다는 사실이었다.

빛나는 밀짚색 머리와 부드러운 눈동자를 지닌 유진. 여자애들 사이에서 유진은 '브링턴의 왕자'라고 불렸다. 신시아는 만약 자신이 두꺼비잡기의 우승자가 된다면 유진이 글로리아 파티에서 자신에게 춤 상대를 신청하리라고 생각했다. 유진은 브링턴의 왕자이고 자신은 브링턴의 공주이니 완벽한 조합이라 여겼다.

"신시아! 이게 바로 네 번째 여왕이야!"

책을 뒤지고 있던 프리얀카가 큰 소리로 외쳤다.

신시아가 무서운 얼굴로 한걸음에 달려가 프리얀카의 손에 들린 책을 확 채 갔다.

『눈의 여왕』.

옅은 푸른빛을 띤 책 표지에는 두꺼비 인장이 확실하게 찍혀 있었다.

"네 번째 여왕. 그 '네 번째'는 계절 겨울을 말하는 거였어! 네 번째 계절!"

사만다가 외쳤다. 옆에 선 신시아는 아무 말도 없이 책을 팔랑팔랑 넘기기만 했다.

☙❧

마침내 게르다가 눈의 여왕 궁전에 도착했습니다. 카이는 강 건너편에 서 있는 게르다를 발견하고 뜨거운 눈물을 흘렸지요. 그러자 카이의 눈에 박혀 있던 거울 조각이 빠져나왔습니다. 카이와 게르다는 힘을 합쳐 눈의 여왕

이 낸 얼음 조각 퍼즐을 맞추고는 무사히 집으로 되돌아
왔습니다.

❦

눈의 여왕, 겨울, 얼음 조각 퍼즐, 뜨거운 눈물에 씻겨 내린
거울 조각……

신시아는 그것들이 무얼 가리키는지 알아내야 했다. 겨울, 거
울 조각, 얼음. 거기까지 생각을 뻗쳤을 때 갑자기 신시아의 눈
동자가 커졌다.

"겨울!"

그러고는 문으로 쏜살같이 달렸다. 영문을 몰라 신시아를 부
르는 다른 멤버들도 무시한 채였다.

"아니지!"

신시아가 갑자기 문 앞에서 달리기를 뚝 멈췄다. 그 뒤를 따
라 우르르 몰려가던 다른 멤버들도 걸음을 그쳤다.

사만다가 의아한 표정으로 물었다.

"왜 그래, 신시아?"

"도서관에 뒷문 있니?"

신시아의 느닷없는 질문에도 사만다는 무슨 소린지 바로 알
아챘다.

"아, 아까 저쪽에 뒷문이 있는 걸 보았어."

"팀 루나 멤버들은 나를 따라와. 그리고 6학년들은 도서관에 남아서 우리가 아직 여기 있는 것처럼 계속 시끄럽게 소리를 내 줘."

"네, 알겠어요!"

6학년 아이들이 입을 모아 대답했다.

뒷문으로 안내하는 사만다를 따라 신시아가 빠른 걸음으로 도서관을 나섰다. 팀 루나 멤버들이 그 뒤를 따랐다.

미카엘라가 조금 이상하다는 생각이 든 건 신시아가 도서관에 들어간 지 삼십 분 정도 지났을 무렵이었다.

팀 루나 멤버들은 도통 나올 기미를 안 보였다. 미카엘라와 유진, 카밀라는 이 층 도서관 입구로 올라갔다. 안에서는 아직도 쿵쾅거리는 소리가 들렸지만 가끔 들리던 라쉬의 목소리는 들리지 않았다. 팀 루나 내에서 가장 아첨꾼인 라쉬는 늘 신시아 옆에 찰싹 붙어서 칭찬을 하느라 잠시도 입을 가만히 두지 못했다. 브링턴 내에서 그 사실을 모르는 사람은 아무도 없었다.

미카엘라가 문을 쾅쾅 두드리며 나오라고 소리쳤지만 아까와는 달리 아무 대답도 돌아오지 않았다.

"뭔가 이상하지 않아?"

카밀라가 눈썹을 찌푸리며 미카엘라에게 물었다.

"카밀라, 혹시 여기 다른 문이 있어?"

"그러고 보니, 잘 쓰지 않는 뒷문이 하나 있어."

셋이 동시에 서로의 얼굴을 바라보았다. 신시아는 이미 여기를 떠난 것이다! 미카엘라의 얼굴에 낭패감이 퍼졌다. 신시아를 쉽게 보지 말았어야 했다.

그때 갑자기 복도 끝에서 다급한 목소리가 들려왔다.

"미카엘라!"

미카엘라가 목소리가 들려온 쪽으로 뒤를 돌아섰다.

"사만다?"

사만다의 얼굴은 큰 충격을 받은 듯 새파랗게 질려 있었다. 미카엘라가 사만다의 어깨를 붙잡고 다급히 물었다.

"괜찮아? 무슨 일이야! 왜 이렇게 뛰어온 거야?"

"신시아, 신시아가……."

이어지는 사만다의 말은 모두를 놀라게 했다.

"신시아가 호수에 빠졌어! 제발 도와줘, 미카엘라!"

"호수? 어디 말이야?"

"겨울호수야! 그 가운데에 있는 눈의 여왕 조각상에 가려다 호수에 빠져 버리고 말았어!"

사만다가 대답하기 무섭게 미카엘라가 달음박질을 쳤다.

"미카엘라!"

카밀라가 불러 세웠지만 소용없었다.

"우리도 빨리 쫓아가자!"

유진의 말에 카밀라와 사만다까지 모두 미카엘라의 뒤를 쫓았다.

겨울호수는 브링턴 교정의 북쪽 끝에 있었다. 그곳은 다른 건물들과 꽤 멀리 떨어져 있기에 도와줄 사람을 찾기 힘들 터였다. 숨이 찼지만 미카엘라는 달리기를 멈추지 않았다. 원예부가 사용하는 온실 모퉁이를 돌자 곧 겨울호수의 모습이 드러났다.

새된 비명과 첨벙첨벙 물소리, 신시아가 물속에서 허우적거리고 있었다.

"신시아!"

미카엘라가 소리쳤다. 하지만 신시아는 아무 소리도 들리지 않는지 그저 살려 달라고 외치고만 있었다.

"어떡해!"

호숫가에서 발만 동동 굴러 대는 팀 루나 멤버들에게 미카엘라가 소리쳤다.

"저쪽에 있는 구명 튜브를 던져!"

겨우 미카엘라를 쫓아온 유진이 헉헉대며 물었다.

"뭐하려고?"

"당연히 구해 줘야죠! 다른 사람을 불러오기엔 너무 늦어요!"

"아무리 네가……"

아무리 네가 수영을 잘한다고 해도 물에 빠진 사람을 구하기엔 위험하다고, 유진은 말하려 했다. 하지만 어찌 됐든 사람을 구하는 게 먼저라는 미카엘라의 단호한 얼굴을 보면서 그런 말을 할 순 없었다.

재빨리 머리를 치켜 묶는 미카엘라를 보며 유진이 입고 있던 겉옷을 벗었다.

"카밀라, 너도 겉옷을 벗어 줘!"

카밀라가 얼른 입고 있던 얇은 웃옷을 벗어 주었다. 유진은 두 옷의 소매와 소매를 묶으면서 팀 루나 멤버들을 향해 외쳤다.

"너희도!"

팀 루나 멤버들은 난처한 얼굴을 했다. 그중 메이가 조심스럽게 말했다.

"이 옷 엄청나게 비싼 건데……"

"지금 그게 문제야?"

유진의 버럭 하는 소리에 팀 루나 멤버들은 어쩔 수 없다는 듯 하나둘 겉옷을 벗었다. 빠른 손놀림으로 웃옷들을 묶어 만든 긴 줄을 유진이 미카엘라의 허리에 맸다.

"무슨 일이 있으면 우리가 건져 줄게. 걱정하지 마."

미카엘라가 유진과 눈을 맞추고 고개를 끄덕였다.

한 치의 망설임도 없이 미카엘라가 호수 안으로 뛰어들어 신시아 가까이로 빠르게 헤엄쳤다.

"살려 줘, 살려 줘!"

신시아는 힘이 빠졌는지 손만 겨우 허우적댔다. 미카엘라는 얼른 신시아의 팔을 자신의 어깨에 올려놓았다. 그 순간, 미카엘라가 물 아래로 처박혔다. 물 위로 올라가려는 신시아의 발버둥이 미카엘라를 물 아래로 빨려 들게 한 것이었다.

"신시아, 진정해! 난 너를 두고 가지 않아! 움직이지 마!"

미카엘라가 아무리 소리쳐도 소용없었다. 물에 빠진 신시아의 귀에 이런 말이 들릴 리 없었다. 잡을 게 생겼다는 본능적 감각 때문인지 신시아는 미카엘라를 밟고 계속 위로 올라가려고만 했다.

'이러다 둘 다 큰일이 날지도 몰라.'

미카엘라의 생각에 이대로 호숫가까지 가는 것은 힘들어 보였다. 만일 중간에 힘이 빠진다면 신시아를 놓쳐 버릴 수도 있었다.

'그럼 어떻게 해야 하지?'

그때 미카엘라의 눈에 어떤 팔 하나가 들어왔다. 정확히 말하면 조각상의 팔이었다. 겨울호수 가운데 있는 작은 바위섬, 거기에 반쯤 부서진 조각상이 있었다. 바로 눈의 여왕 조각상이었다. 바위섬은 작았지만 두 명이 충분히 앉을 정도는 됐다. 일단 그곳에서 신시아의 정신이 돌아오길 기다린 다음 호숫가로 나가는 방법이 가장 나을 것 같았다.

"신시아, 꼭 붙잡아!"

미카엘라는 얼른 신시아를 붙잡고 물살을 가르기 시작했다. 몇 번이나 물을 마셨는지 모른다. 점점 신시아를 붙잡은 팔의 힘이 빠지고 있었다.

'조금만, 조금만.'

그때 이끼 낀 조각상의 팔 끝이 미카엘라의 눈에 들어왔다. 순간 반짝, 뭔가가 빛났다.

샛별 티아라 대신
토끼풀꽃 화관도 좋아

"정말 대단하지 않니, 그 애?"

카밀라의 말에 미카엘라는 그저 웃을 뿐이었다.

"웃음이 나와? 너도 참."

말은 그렇게 하면서도 카밀라는 미카엘라에게 따뜻한 오트밀 포리지를 한 숟갈 떠 주었다.

"나 다친 데 없어. 그렇게 환자 취급하지 않아도 돼."

"무슨 소리야! 내가 환자라면 환자야. 이거 다 먹고 약도 먹어야 해."

"네네, 알았습니다, 카밀라 양."

장난스럽게 답하며 미카엘라가 웃었다. 미카엘라의 연두색 눈동자가 반짝였다.

"우스갯소리를 할 기운은 있는 것 같으니 걱정 안 해도 되겠네."

한결 안도한 카밀라의 말을 미카엘라가 맞받았다.

"이 정도 일로는 꿈쩍하지도 않는다니까."

똑똑.

노크 소리가 둘의 대화를 중단시켰다. 반쯤 열린 문 사이로 유진이 얼굴을 빼꼼 내밀었다.

"들어가도 될까?"

"물론이죠. 아, 선배, 잠깐 미카엘라를 좀 돌봐 줄 수 있어요? 마실 것 좀 가져오려고요."

"당연하지. 다녀와, 카밀라."

카밀라가 미카엘라에게 살짝 윙크하고는 방에서 나갔다.

유진이 침대에 누워 있는 미카엘라를 보았다. 조금 지쳐 보이긴 했지만 그래도 괜찮아서 다행이라는 생각이 들었다.

"여기까진 왜 왔어요? 또 무슨 일이라도 생겼어요?"

"오늘 또 무슨 일이 생겼다면 난 더는 못 견뎠을걸."

미카엘라의 질문을 농담으로 받는 유진에게 미카엘라가 가볍게 웃어 보였다.

"그런데 선배 얼굴은 왜 그렇게 울상이에요?"

그제야 유진은 자신이 기묘한 표정을 짓고 있다는 사실을 깨달았다.

"아, 그래? 어, 별거 아니야. 그런데 넌 정말 그걸로 된 거야?"

유진의 말은 많은 뜻을 담고 있었다. 미카엘라는 잠깐 낮의 일을 떠올렸다.

미카엘라가 신시아를 끌고 겨울호수 가운데에 있는 바위섬에 도착했을 때였다. 겨우 정신이 든 신시아가 새파랗게 질린 입술을 떨며 가장 처음 뱉은 말은……

"내 보물."

그러고는 잠시 숨을 고르더니 미카엘라에게 물었다.

"네가 왜 여기 있어?"

신시아는 미카엘라를 한 대 때릴 기세였다. 살려 달라고 외쳤던 건 기억하지도 못하는 듯했다.

"신시아, 기억 안 나? 너, 호수에 빠졌었잖아. 이제 숨쉬기는 좀 괜찮아?"

"또 빼앗아 가려고 그러지! 비켜, 미카엘라!"

미카엘라가 대체 뭘 빼앗아 간다는 거냐고 물으려는데 신시아가 벌떡 일어나 미카엘라의 뒤에 있는 조각상을 향해 손을 뻗었다.

겨울호수, 그 가운데 서 있는 눈의 여왕 조각상.

한쪽 팔만 남은 그 조각상의 손목에는 반짝이는 무언가가 걸려 있었다.

"이건 내 거야!"

조각상의 손목에서 무언가를 낚아챈 신시아가 외쳤다. 우월감이 느껴지는 목소리였다. 미카엘라는 그제야 신시아의 말뜻을 이해할 수 있었다.

내리쬐는 5월의 햇살, 평온한 바람, 하늘을 향해 손을 뻗고 있는 눈의 여왕 조각상, 그리고 신시아의 손에서 샛별처럼 반짝이는 티아라.

신시아가 호수에 뛰어든 까닭은 순전히 샛별 티아라 때문이었다. 학교 안에서 가장 사람이 많은 곳은 미카엘라의 추측대로 도서관이 맞았다. 그곳에 있는 네 번째 여왕은 두꺼비 문양이 찍힌 책 『눈의 여왕』을 가리켰고. 학교 안에서 눈의 여왕과 관련 있는 장소는 바로 겨울호수뿐이었다.

"샛별 티아라는 신시아가 찾아냈으니 당연히 그 애가 가져야 마땅하죠."

미카엘라의 표정은 담담했다.

"너한테 고맙다는 말도 하지 않았는데?"

의아해하는 유진을 미카엘라는 이상한 눈으로 바라보았다.

"난 할 일을 했을 뿐이에요. 그 자리에 있던 사람이라면 누구나 그렇게 행동했을 거예요. 다만, 내가 가장 수영을 잘했던 것뿐이죠."

'과연 그랬을까.'

호숫가에 서서 발만 구르던 팀 루나 멤버들의 얼굴을 떠올리며 유진은 속으로 고개를 저었다.

미카엘라는 자신이 옳다고 생각하는 일들을 묵묵히 해냈다. 두려움 없이 정의로운 행동을 하고, 자신이 그럴 수 있다는 사실에 기쁨을 느끼며, 아주 조금이라도 이 세상을 나은 곳으로 만들기 위해서 노력하는 사람. 미카엘라가 그런 사람이라는 걸 유진은 다시금 깨달았다.

잠깐의 고요를 깨고 미카엘라가 다시 물었다.

"그런데 정말 무슨 일로 왔어요?"

"착한 일을 했으니 상을 받아야 마땅하지 않겠어? 별건 아니지만……."

유진이 뒤로 숨기고 있던 손을 내밀었다.

"이런 건 처음 해 봐서 좀 이상하게 만들어진 것 같은데……."

"와, 이건 화관 아니에요! 나 주는 거예요? 우아! 정말 고마워요! 아주 예뻐요!"

생각보다 훨씬 더 좋아하는 미카엘라를 보면서 유진은 좀 부끄러웠다. 스스로 봐도 잘 만들지 못한 화관이었다. 토끼풀꽃은 반쯤 시들어 있었고, 너무 얼기설기 엮어 구멍 뚫린 듯 빈 부분도 있었다. 하지만 화관을 받아 든 미카엘라의 표정은 그 어느 때보다도 밝았다.

"써 봐도 돼요?"

"그러라고 만든 건데, 당연하지."

미카엘라의 갈색 머리 위에 하얀 토끼풀꽃 화관이 씌워졌다. 화관 중간중간에 끼워 넣은 연두색 풀잎이 미카엘라의 눈동자 색과 잘 어울렸다.

"고마워요, 선배."

환하게 웃는 미카엘라를 본 유진이 순간 놀란 얼굴로 눈을 깜박였다. 뭔가 이상했다. 분명 바깥은 이제 어두워졌는데 꼭 아주 밝은 태양을 본 것 같았다. 영문을 몰라 당황한 유진은 어찌할 바 몰라 했다. 그저 고개를 끄덕일 수밖에.

"와! 그거 뭐야, 미카엘라?"

막 문을 열고 들어온 카밀라가 미카엘라의 머리에 씌워진 화관을 보고선 물었다.

"샛별 티아라는 신시아가 가져가 버렸으니 대신 이거라도 쓰라고 내가 만들어 줬어."

금방 평소의 표정으로 돌아온 유진이 미카엘라 대신 답했다.

"오, 이런 것까지 신경 쓰는 자상한 선배인 줄 몰랐는데요?"

뭔가 수상하다는 듯한 카밀라의 웃음에 유진은 어깨를 으쓱여 보일 따름이었다.

"자상 하면 나라는 거 몰랐어? 브링턴에 다니는 학생들이라면 모두 아는데, 안 그래?"

카밀라는 유진의 말을 무시하고 말을 돌렸다.

"아무튼 이번엔 신시아에게 한 방 먹었네요."

"카밀라!"

그렇게 말하지 말라는 듯 단호한 미카엘라의 목소리에 카밀라가 과장된 한숨을 쉬어 보였다.

"은하수 목걸이는 이쪽에 있고 샛별 티아라는 신시아가 가져갔으니, 이제 남은 건 별똥별 구두와 달빛 드레스뿐이네."

카밀라의 말에 유진과 미카엘라의 어깨가 동시에 움찔거렸다. 달빛 드레스가 유진의 손에 있다는 걸 카밀라는 아직 몰랐다. 미카엘라는 왜 유진이 그걸 가지고 있는지 아직 밝혀내지 못했다.

처음에 미카엘라는 그저 달빛 드레스를 가진 유진을 감시하려고 두꺼비잡기 대회의 짝꿍을 제안했다. 그런데 함께하는 시간이 길어지면 길어질수록 유진이 생각보다 괜찮은 사람이라는 걸 깨달아 갔다. 달빛 드레스는 아마 무슨 이유가 있어서 가지고 있었을 거라 생각했다.

'그래, 그 이유가 뭐든 두꺼비잡기 대회가 끝날 때쯤엔 알 수 있겠지.'

미카엘라가 고개를 끄덕이고는 외쳤다.

"자자, 중요한 건 끝까지 최선을 다하는 거야. 우승은 물 건너 갔지만 아직 두꺼비를 잡을 기회는 남아 있으니까!"

"아, 그럼 다음 미션 승리를 기원하며 건배라도 할까?"

포도 주스가 든 잔을 들어 올리며 카밀라가 물었다.

"그래, 짠!"

잔을 들며 외치는 미카엘라를 따라 유진도 건배를 들었다.

셋의 웃음소리가 열어 놓은 창문 바깥으로 퍼져 나갔다.

신시아가 거울을 바라보고 있었다. 거울 속 자신의 모습이 완벽하다는 듯 우쭐한 표정으로.

라쉬가 손질해 준 웨이브 머리 덕에 신시아의 머리 위에 놓인 샛별 티아라가 더욱 돋보였다. 샛별 티아라에는 에메랄드 빛 작은 보석이 박혀 있었다.

거울 속에 비친 신시아의 표정이 순간 굳었다.

그날 낮 겨울호수에서의 장면들이 신시아의 머릿속에서 소용돌이쳤다. 그 애가 정말 생각지도 못하게 구하러 와 주었다. 뭔가 잘못됐다는 생각이 든 건 호수의 중간쯤을 걷고 있을 때였다. 갑자기 발아래를 지지하고 있던 땅이 훅 꺼져서 중심을 잃고 말았다. 호수에 뛰어들기 전까지만 해도 물이 이렇게 깊을 줄은 몰랐다. 아무리 발버둥을 쳐도 바닥을 찾을 수가 없었다. 손에 잡히는 것은 물뿐이었고 몸은 자꾸 아래로 가라앉았다. 얼마나 지났을까.

"신시아!"

다급하게 부르던 목소리. 신시아는 미카엘라의 녹색 눈동자와 마주친 순간 얼마나 안심이 되었는지 모른다. 미카엘라는 자신을 죽게 놔두지 않을 것만 같았다.

신시아가 머리 위에 쓴 티아라를 만지작거렸다.

'그 애는 지금 무슨 생각을 하고 있을까. 샛별 티아라를 뺏겨서 억울해할까? 아니면 늘 그랬듯 계속 착한 척하며 날 구했다고 뿌듯해할까?'

신시아의 입에서 저절로 혼잣말이 튀어나왔다.

"물론 그 애가 보기에 난 나쁜 애겠지."

신시아는 학교 아이들이 자신을 어떻게 생각하는지 알고 있었다. 학교 안에서 이렇게 눈에 띄는 자리를 유지하면서 남에게 나쁜 소리 한 번 듣지 않기란 불가능했다. 매일 새로 세탁해 빳빳하게 다림질한 교복을 입고, 한 번 신은 구두는 다시 신지 않고, 완벽하게 머리를 세팅하고, 남을 의식해 늘 화려한 미소를 짓는…… 누군가는 정말 눈꼴시게 볼 수 있는 행동들. 이렇게 하지 않고 다른 사람들의 관심을 끄는 법을 신시아는 알지 못했다.

"…… 뭐 어때. 도와 달라고 하지도 않았는데 제멋대로 나선 걸."

신시아는 다시 한 번 거울을 들여다보았다. 샛별 티아라는 두꺼비잡기 대회가 끝나면 다시 위원회에 돌려줘야 할 테지만 적어도 지금 이 순간만큼은 완벽히 신시아의 것이었다. 신시아의 눈에 샛별 티아라를 쓴 자신의 얼굴은 여전히 아름다웠다.

헉, 이건 전혀
생각지도 못한 조합이야

두꺼비잡기 대회가 벌써 반절이나 지나가 버렸다.

"곧 별똥별 구두가 걸린 세 번째 미션이 시작됩니다. 이번 미션은 특별히 네 명의 학생이 한 팀을 이뤄 도전하게 됩니다. 참가자들은 팀을 만들어 명단을 제출해 주세요. 명단이 다 제출되는 대로 이번 미션을 공개하겠습니다."

알림판에 공지가 뜨자 사방에서 난리가 났다. 팀 미션이라니. 그동안 없었던 새로운 형태의 두꺼비잡기였다.

신시아는 오히려 잘됐다는 얼굴이었다. 팀 루나 멤버들이 있으니 별문제 아니라고 생각하는 듯했다.

"걱정하지 마, 신시아. 오늘 미션이 뭐든 우리가 이길 거야!"

라쉬의 말에 신시아가 눈썹을 찌푸렸다. 라쉬가 금방 눈치를 보고는 조심스럽게 물었다.

"또 내가 뭘 잘못 말했어?"

"우리라니, 라쉬."

언제 얼굴을 찌푸렸냐는 듯 신시아가 환하게 웃으며 대꾸했다. 하지만 그 대답의 의미는 확실했다. 이기는 건 신시아 '혼자'라는 것.

"그, 그럼! 이기는 건 신시아 너지!"

불쌍할 정도로 겁에 질린 라쉬의 모습을 사만다가 팔짱을 낀 채 바라보았다.

라쉬와 신시아는 브링턴 아카데미에 입학하기 전부터 알고 지낸 사이라고 했다. 라쉬는 신시아가 뭘 하든 그대로 따라 했고, 무슨 말을 하든 믿었으며, 한 번도 신시아의 말에 반대한 적 없었다. 신시아가 기분이 안 좋을 때 가장 눈치를 보며 안절부절못하는 것도 라쉬였다.

그렇다고 해서 라쉬가 못난 아이는 아니었다. 신시아가 없을 때 라쉬가 얼마나 빛나는지 모두 다 알았다. 라쉬는 손재주가 좋아 털실로 리본이나 꽃 들을 예쁘게 만들곤 했다. 몇몇 아이들은 라쉬에게 직접 뜨개질하는 법을 배우기도 했다. 물론 신시아가 그런 촌스러운 짓은 그만하라고 말하기 전까지였지만.

신시아가 나머지 멤버들을 바라보며 입을 열었다.

"미션이 뭐가 되었든 나한테 유리하게 만들어야 해. 팀 미션이라고 게으름 피우진 않을 거라고 믿어."

신시아의 말은 늘 그렇듯 거절할 수 없는 힘이 있었다. 거절하면 꼭 나쁜 사람이 되는 것 같았다.

사만다는 자신이 팀 루나의 멤버로서 특별한 대접을 받고 있다고 생각했었다. 브링턴 내에서 주목을 받고, 온갖 파티들에 참석하는 일들이 정말 좋았다. 그래서 신시아의 짜증을 받아 주는 것도, 원하는 일을 뭐든 들어주는 것도, 전부 감당해야 한다고 생각했다.

하지만 자전거를 타고 달려오는 미카엘라를 향해 가림 천을 던진 순간 사만다는 뭔가 잘못되고 있다는 생각이 들었다. 아무 잘못이 없는 미카엘라를 왜 위험에 빠트려야 하는지 혼란스러웠다.

나중에서야 사만다는 알았다. 자신이 던진 가림 천 때문에 할머니가 넘어졌고 그것 때문에 미카엘라는 박물관에 들어가지도 못했다는 걸. 가림 천이 가벼워서 누가 다칠 거라고는 상상도 못 했다. 만약 미카엘라가 두꺼비를 잡지 못했다면 꽤나

죄책감이 들었을 것이다.

　그때부터 사만다는 미카엘라를 눈여겨보았다. 그동안 알고 있던 것보다 더 많은 장점이 보였다. 모든 친구를 평등하게 대하고 정직하게 행동했으며 양심에 걸릴 일은 하지 않는.

　그래서 신시아가 겨울호수에 빠졌을 때 미카엘라에게 제일 처음 달려갔는지도 모른다. 브링턴의 대다수가 신시아를 싫어한다는 것을 잘 알았기에 다른 선택지는 없었다. 미카엘라라면 신시아가 어쩌다가 저렇게 됐는지 묻지도, 괴롭힐 땐 언제고 뻔뻔하게 도와 달라느냐며 따지지도 않고 신시아를 도울 것만 같았다.

　미카엘라가 주저하지도 않고 호수 속으로 뛰어 들어가는 모습을 본 순간, 사만다는 자기 생각이 맞았다는 걸 알았다. 미카엘라는 누구라도 어려운 상황에 처하면 먼저 구하고 보는 아이였다.

　"사만다?"

　신시아가 딴생각에 잠긴 사만다를 주목시켰다. 사만다는 미카엘라가 있는 반대편을 잠깐 돌아보았다. 네 명 팀을 꾸려야 도전할 수 있는 오늘 시합은 미카엘라에게 불리했다. 미카엘라와 신시아가 맞붙는 상황에서 미카엘라의 팀에 들어갈 강심장은 아마 없을 것이다. 그렇다면……

　사만다가 신시아를 보고 말했다.

"난 너랑 같이하지 않을 거야."

생각보다 말이 쉽게 나왔다. 연습한 것처럼 자연스럽게.

"응? 뭐라고?"

사만다의 말을 이해할 수 없다는 듯 신시아가 되물었다. 사만다는 신시아의 얼굴을 똑바로 본 채 반복해 말했다.

"난 너랑 같이하지 않을 거라고, 신시아. 나는 미카엘라에게 갈 거야."

그 말을 들은 팀 루나 멤버들이 경악했다. 신시아, 라쉬, 메이와 프리얀카. 사만다는 멤버들의 얼굴을 천천히 하나하나 바라보았다. 나쁜 아이들은 아니었다. 다만 아무 생각 없이 다른 아이들의 주목을 즐겼을 뿐이었다.

"무슨 일 있어? 왜 그래?"

고개를 절레절레 저으면서 신시아가 사만다의 손을 잡았다. 부드러운 손길이었다.

"알아, 사만다. 네가 얼마나 힘들었을지. 내가 요새 너무 심하게 굴었지? 인정할게, 내가 예민했어. 미카엘라가 내 보물을 차지하는 바람에……."

"네 보물?"

사만다가 신시아의 말을 끊었다. 신시아를 바라보는 사만다의 눈에는 경멸이 아니라 일말의 동정심이 어려 있었다.

"아직까지도 네 뜻대로 세상이 돌아갈 거라고 생각하는구나. 불쌍한 신시아……."

"뭐라고?"

"난 더 이상 네 뜻대로 움직이지 않을 거야. 누군가 말했지. 가장 나쁜 짓은 나쁜 짓이라는 걸 알면서도 저지르는 거라고. 난 이제 내 마음을 속이고 싶지 않아. 내가 저지른 나쁜 일들에 변명하고 싶지도 않고."

"사만다!"

"아무튼 신시아 너에게도 별빛의 가호가 있기를 바라. 지금까지 함께해 온 정이 있으니까. 이건 진심이야. 그럼, 안녕."

이 말을 끝으로 사만다는 멍하게 자신을 바라보는 팀 루나 멤버들을 천천히 지나쳤다. 팀 루나? 브링턴에서 가장 예쁜 소녀들의 모임? 사만다에게 그런 건 이제 아무 의미도 없었다.

사만다의 발걸음은 반대편에 있던 미카엘라를 향했다. 미카엘라 옆엔 카밀라와 유진이 서 있었다.

"미카엘라."

자신을 부르는 목소리에 미카엘라가 뒤를 돌아보았다. 카밀라가 사만다를 발견하곤 눈썹을 찌푸렸다.

"또 무슨 말을 하려고 온 거야?"

카밀라의 날카로운 물음에 사만다가 잠시 머뭇거렸다. 카밀라를 제지하며 미카엘라가 물었다.

"무슨 일이야, 사만다?"

미카엘라의 미소에 용기를 얻은 사만다가 조심스레 말했다.

"혹시 네 팀에 자리가 있다면 나도 끼워 줄 수 있어?"

"뭐? 잠깐만, 사만다. 너는……."

미카엘라가 말꼬리를 흐렸다. 사만다가 얼른 말을 받았다.

"난 이제 팀 루나의 멤버가 아니야. 조금 전에 신시아에게 모임에서 빠진다고 말했어. 그리고 미카엘라, 너를 돕고 싶어."

"무슨 꿍꿍이속이야?"

유진이 톡 끼어들었다. 불신으로 가득 찬 얼굴이었다.

"꿍꿍이속 같은 건 없어요. 두꺼비잡기 대회가 시작되면서 깨달았어요. 신시아를 돕는다는 명목으로 지금까지 내가 했던 일들이 얼마나 어리석고 못된 짓이었는지 말이에요. 내가 얼마나 도움이 될 수 있을진 모르겠지만 미카엘라를 돕고 싶어요. 첫번째 미션 때 가림 천을 던진 잘못을 용서받고 싶기도 하고요."

사만다는 미카엘라가 자신을 받아 주지 않아도 어쩔 수 없다는 생각이었다.

"고마워."

미카엘라의 목소리였다. 사만다가 멍한 얼굴로 미카엘라를 바라보았다.

"고마워, 사만다. 이렇게 찾아와 미안하다고 말해 줘서. 그리고 날 도와주겠다고 한 것도."

미카엘라가 따뜻한 미소로 한쪽 손을 내밀었다. 사만다는 천천히 미카엘라가 내민 손을 맞잡았다. 두 소녀의 가슴에 따뜻한 뭔가가 올망졸망 싹텄다. 그 모습을 옆에서 지켜보던 카밀라와 유진의 표정도 금세 녹아 내려 있었다. 미카엘라가 웃으며 말을 이었다.

"전혀 생각지도 못한 조합이지만, 덕분에 팀이 완성됐네. 그럼 우리 함께 파이팅 한번 할까?"

미카엘라가 가장 먼저 손을 내밀었다. 그 위로 카밀라와 유진이 손을 올렸다. 마지막으로 사만다가 천천히 손을 포갰다. 서로를 바라보는 눈빛에 활기가 넘쳤다.

"하나."

"둘."

"셋."

"파이팅!"

넷의 손이 높게 올라갔다.

세 번째 미션, 별똥별 구두를 향한 레이스가 시작되는 순간이었다.

에메랄드 숲에서
서바이벌 미션?

에메랄드 숲.

브링턴 교정의 절반을 차지하고 있는 에메랄드 숲은 아름답기로 유명했다. 오래된 나무들이 우거지고 봄이면 꽃이 만발한 숲길은 머리 식힐 때 산책하기 좋았다.

하지만 지금은 좀 달랐다. 어둠에 잠긴 밤의 에메랄드 숲은 으스스한 분위기를 풍겼다. 조명도 거의 없었다. 학교에서 왜 밤에 에메랄드 숲의 출입을 금지했는지 알 것 같았다.

"잘…… 할 수 있겠지?"

아무렇지도 않게 말하고 싶었겠지만 유진의 목소리는 떨리고 있었다. 그건 옆에서 등불을 들고 있는 카밀라도, 약초 가방을 어깨에 멘 사만다도 마찬가지였다.

참가자들의 팀 명단 제출이 끝나고 나서 알림판에 뜬 세 번째 미션은 '에메랄드 숲에서 어둠의 공격을 물리치고 세 마리 두꺼비를 찾아라!'였다. 네 명의 팀원에게는 각각 역할이 주어졌다. 공격을 담당하는 검, 수비를 맡은 방패, 시야를 밝히는 등불, 팀원을 되살려 낼 수 있는 약초. 팀원들은 각자의 임무를 수행하며 세 마리 두꺼비를 잡아 무사히 에메랄드 숲을 빠져나와야 했다. 두꺼비잡기 위원회에서 나누어 준 지도에는 에메랄드 숲길이 간략하게 그려져 있었고, 두꺼비들이 숨겨진 구역이 십수 군데 표기되어 있었다.

미카엘라가 지도를 들여다보며 팀원들에게 말했다.

"숲에서 총 세 마리의 두꺼비를 잡아야 해. 각자 맡은 일은 파악했지?"

"그럼! 등불 이상 없음!"

카밀라가 손에 든 작은 등불을 올려 보였다.

"약초도 준비 완료!"

사만다가 약초 가방 끈을 단단히 쥐어 보이며 대답했다. 유진은 들고 있던 방패를 손으로 두드리고 말했다.

"방패도 오케이."

팀원들을 둘러보며 미카엘라가 외쳤다.

"내 검도 준비됐어!"

"숲에서 어떤 무시무시한 공격을 받을지 모르니 다들 조심해.
위원회에서 이번 미션에 엄청나게 공을 들였다고 들었거든."

유진의 말에 미카엘라가 잠깐 주저하다가 물었다.

"귀신 같은 것도 나올까요?"

"하하, 너 설마 귀신 같은 걸 무서워하는 건 아니겠……."

놀리듯 말하던 유진이 심각하게 굳은 미카엘라의 표정을 보
고는 웃음을 멈췄다. 카밀라가 유진에게 속삭였다.

"미카엘라가 유일하게 무서워하는 게 귀신이거든요."

유진이 믿을 수 없다는 표정으로 미카엘라를 흘깃 보았다.
그러곤 카밀라에게 귓속말로 소곤거렸다.

"정말? 말도 안 돼."

"귀신 나오는 영화도 못 볼 정도예요."

"무서워하는 게 하나도 없을 것처럼 생겼잖아!"

"누구에게나 약점은 있는 법이니까요. 선배가 방패니 미카엘
라를 잘 막아 주세요."

"으음, 알았어. 노력해 볼게."

유진이 카밀라에게 작게 고개를 끄덕이곤 뻣뻣하게 서 있는

미카엘라에게 어깨동무하며 부러 밝은 목소리로 외쳤다.

"귀신은 없을 거야, 미카엘라! 내가 완벽하게 방패로 커버할 테니까 너는 공격만 신경 써. 공격은 나한테도 잘했잖아?"

며칠 전 사물함 앞에서 유진에게 펜싱 검을 들이댔던 일이 떠오른 미카엘라는 얼굴을 붉혔다.

"그, 그건……."

"그러니까 네 자신을 믿고 또 우리를 믿으라고. 잘할 수 있어."

미카엘라를 바라보는 유진의 갈색 눈동자에 묘한 빛이 스쳤다. 하지만 그게 무얼 말하는지 미카엘라도 유진도 알 수 없었다.

"참가자들은 모두 준비해 주세요! 곧 미션이 시작됩니다!"

에메랄드 숲 입구에는 참가자들이 모두 몰려 있었다. 각 팀마다 있는 등불의 빛에 잔뜩 긴장한 아이들의 얼굴이 비쳤다.

"이번 미션은 시간제한이 없습니다. 세 마리의 두꺼비를 가장 먼저 찾는 팀이 승리하게 됩니다. 에메랄드 숲 곳곳에 두꺼비잡기 위원회 위원들이 그림자로 변장해 숨어 있습니다. 그림자들을 공격할 수 있는 것은 오로지 검뿐입니다. 또한 그림자의 공격을 받은 참가자는 약초 담당 팀원이 십 초 내에 약초 스티커를 붙여 주지 않으면 탈락합니다. 약초 찬스는 단 세 번만 쓸 수 있습니다. 그럼, 모두에게 별빛의 가호가 있기를!"

두꺼비잡기 위원회 위원장의 외침과 함께 깃발이 떨어지자 참가자들이 숲속을 향해 뛰었다. 각 팀들은 서로를 견제하며 갈림길에서 흩어졌다.

숲속은 밖에서 볼 때보다 훨씬 더 으스스했다. 바람에 흔들리는 나뭇잎은 꼭 마녀의 손이 흔들리는 것 같았고 큰 소리로 울어 대는 새들은 위험을 경고하는 듯했다.

앞장선 카밀라가 손을 쭉 뻗어 앞에 등불을 비춰 주었다. 불빛에 놀란 다람쥐가 길을 가로질러 도망갔다.

"지도에 두꺼비가 숨겨진 구역들이 표시되어 있기는 하지만 전부 진짜는 아닐 거야. 이 중 단 세 곳에만 진짜 두꺼비가 있겠지."

미카엘라의 말에 카밀라가 제안했다.

"일단 우물 근처를 먼저 수색하는 게 어때?"

"여기서 제일 가까우니 그게 낫겠다."

미카엘라가 동의하자 다들 빠른 걸음으로 우물이 있는 곳을 향해 걸었다. 몇 개의 갈림길을 지나니 우물이 보였다.

"자, 다들 슬슬 준비해. 그림자들이 언제 우릴 공격할지 모르니까."

카밀라의 말에 다들 준비 태세를 취했다. 미카엘라가 검을 들어 올렸고 유진이 미카엘라 앞에서 방패를 든 채 천천히 움직였다. 사만다는 맨 뒤에 서서 팀원들을 주시했다. 아직 우물 근처는 조용했다.

"두꺼비 인장이 찍힌 종이쪽지는 접혀 있다고 했어. 카밀라는 등불을 들고 가운데 있고, 나머지는 흩어져서 주변을 찾아보자."

팀의 대장인 미카엘라가 지시했다.

"다들 등불에서 너무 떨어지지는 마! 어디서 뭐가 나올지 모르니까!"

카밀라가 덧붙여 말하자 유진과 사만다가 동시에 답했다.

"알았어!"

가운데에 등불을 높이 들고 선 카밀라 주변으로 나머지 세 명이 흩어져서 나무 사이며 돌멩이 밑을 훑어보았다. 두꺼비를 어디에 어떻게 숨겨 놓았는지 도통 알 수가 없으니 어느 한 구석도 놓치지 않아야 했다.

손에 든 검으로 나뭇잎 이곳저곳을 찌르던 미카엘라의 눈에 작은 나뭇가지 사이에 낀 하얀 것이 보였다. 그와 동시에 숲을 가득 울리는 비명.

"꺄악!"

"사만다?"

사만다의 비명이 들린 곳으로 카밀라가 재빠르게 등불을 비쳤다. 그림자 하나가 공격 자세를 취하며 사만다를 향해 다가가고 있었다. 카밀라가 소리쳤다.

"미카엘라! 공격을!"

약초 담당인 사만다가 가장 먼저 탈락하면 큰일이었다. 나머지 팀원이 공격을 받는 족족 치료를 받지 못해 탈락할 테니까.

"사만다, 몸을 낮춰!"

미카엘라가 사만다의 위치를 확인하고 빠르게 몸을 날리며 외쳤다. 그림자의 검이 사만다의 팔에 닿기 직전이었다.

사만다는 눈을 질끈 감고 몸을 아래로 낮췄고, 그사이 미카엘라의 검은 사만다의 머리 위를 지나쳐 그림자를 깊숙이 찔렀다.

어둠 속에서 "아얏!" 하는 소리가 들렸다. 그림자가 낼 만한 소리라기에는 좀 방정맞았지만 아무튼 그랬다. 검에서 나온 물감이 그림자의 옷을 새하얗게 물들였다.

그림자는 순식간에 사라졌다. 사라진 자리에 뭔가가 떨어져 있었다. 사만다가 땅바닥에서 그걸 집어 올렸다.

"두꺼비야!"

사만다의 손에 들린 쪽지에는 분명히 두꺼비 문양이 찍혀 있었다. 그걸 본 다른 팀원들의 눈이 커다래졌다.

"그림자를 물리치면 두꺼비를 찾을 수 있나 봐!"

사만다가 외치면서 미카엘라에게 쪽지를 건넸다. 미카엘라는 두꺼비 쪽지를 소중히 주머니 안에 넣었다.

"좋았어! 일단 한 마리를 찾았으니 나머지 두 마리만 찾으면 돼! 다들 힘내서 다음 구역으로 가자! 얍!"

미카엘라의 기합에 다른 아이들도 불끈 기운이 솟는 듯했다.

조그마한 바위들이 모여 있기에 '난쟁이 바위터'라고 불리는 구역에 가서는 허탕을 쳤다. 바위 뒤에 숨어 있던 그림자의 기습 공격에 유진이 당했고, 미카엘라가 겨우 물리친 그림자들은 아무것도 남기지 않았다. 유진은 다행히 약초 담당인 사만다의 빠른 대응으로 되살릴 수 있었다.

"이거, 생각보다 까다로운걸?"

지도를 가만히 살펴보던 미카엘라가 다음 구역으로 에메랄드 숲 중간쯤에 있는 작은 공터를 골랐다.

공터에 도착하자 탁 트인 사방으로 그림자들이 미카엘라와 아이들을 조여 왔지만 유진과 사만다가 잘 움직여 준 덕분에 멋지게 해치울 수 있었다. 이번엔 운 좋게도 그림자들이 사라진 자리에 두꺼비 문양이 찍힌 쪽지가 남아 있었다. 성공이었다. 카밀라를 공격하려던 그림자를 물리치면서 미카엘라가 타격을 입긴 했지만.

"약초 찬스가 이제 한 번밖에 남지 않았어, 다들 알지?"

어깨에 멘 약초 가방을 가리키며 사만다가 말했다.

"이제 두꺼비 한 마리만 찾으면 되니까 걱정할 것 없어!"

미카엘라는 생각보다 순조롭게 두꺼비를 잡고 있다는 생각에 기쁨을 감출 수가 없었다. 처음 발을 들였을 때는 무섭기만 했던 에메랄드 숲도 이제는 아름답게 보이기 시작했다.

"와, 이것 봐!"

미카엘라가 가리킨 곳에 반딧불이가 반짝 빛을 내며 날아다녔다.

뒤꽁무니에 연두색 불빛을 밝히며 숲을 가로지르는 반딧불이는 꼭 하늘에서 떨어진 별 같았다. 모두 할 말을 잃고는 나뭇잎이며 꽃들 사이에서 빛을 내는 반딧불이를 멍하니 바라보았다.

그때, 숲속 어디선가 날카로운 비명이 들려왔다. 미카엘라가 얼른 고개를 돌려 팀원들의 얼굴을 확인했다.

"너희도 들었지?"

셋 모두 고개를 끄덕였다. 근처를 날아다니던 반딧불이는 어느새 사라지고 없었다.

미카엘라는 귀를 쫑긋 세우곤 주변을 천천히 둘러보았다. 참을 수 없는 고요함이 온몸을 짓눌렀다. 이제 비명은커녕 바스락거리는 소리도 나지 않았다. 잘못 들은 걸까 머리를 갸우뚱하던 미카엘라에게 갑자기 누군가가 튀어나와 맞부딪쳤다. 뛰쳐

나온 사람과 미카엘라가 동시에 바닥으로 나동그라졌다.

"누구······."

"미카엘라! 이쪽으로!"

유진의 외침에 미카엘라는 누구와 부딪쳤는지 확인할 겨를도 없이 얼른 자리에서 일어났다.

그림자가 나타난 것이었다. 겨우 제대로 자세를 잡은 미카엘라가 그림자에게 공격을 시도했다. 두 그림자가 미카엘라의 검을 맞고는 그 자리에 주저앉았다. 문제는 뒤에서 등장한 다른 그림자였다. 피할 틈도 없었다. 미카엘라와 그 그림자는 둘 다 서로에게 물감 자국을 남겼다.

"10, 9, 8······."

그림자가 약초 찬스 카운트다운에 들어갔다.

사만다가 얼른 달려와 미카엘라의 물감 자국에 약초 모양 스티커를 붙여 주었다. 마지막 남은 약초 찬스를 사용한 것이다.

"어딜 도망치려고!"

미카엘라와 부딪치고서 도망치려는 사람을 붙잡은 건 카밀라였다. 카밀라가 등불을 비추자 금빛 머리칼이 빛났다.

"신시아?"

사만다의 놀란 목소리가 온 숲에 울려퍼졌다.

얼굴이 왜 그래?
다쳤어?

……

그 순간,
글로리아의 마음을 생각했다

카밀라에게 붙잡힌 사람은 뜻밖에도 신시아였다. 어디서 굴렀는지 신시아의 얼굴에는 흙이 군데군데 묻어 있었다.

"네 팀원은 다 어디 가고 너만 여기에 있어?"

미카엘라가 물었지만 신시아는 입을 열지 않았다. 그 물음에 답한 건 물감을 맞고 주저앉아 있던 그림자들이었다.

"나 참, 이런 팀은 처음 봤다니까."

모자를 벗은 그림자 하나가 운을 뗐다. 얼굴을 보니 두꺼비잡기 위원회 위원 중 한 명이었다. 그 옆에 있던 다른 그림자가 말을 이었다.

"약초 담당인 주제에 다른 팀원들이 당하는 건 신경 쓰지도 않고 뒤에 서서 자기만 살려고 머리를 굴리니 두꺼비를 잡을 수나 있겠어? 아무 도움도 되지 않는 저 애를 살리려고 다른 팀원들이 대신 우리의 공격을 전부 받아 냈어. 그러다 죄다 지니까 혼자 도망치더라고."

미카엘라의 팀원 모두가 그 말을 듣고 놀랐다. 팀이라면 당연히 함께 협력해 일을 해결해야 했다. 그런데 다른 팀원들을 가장 먼저 생각해야 할 약초 담당이 공격당한 팀원들을 도와주지도 않고 도망쳤다니.

신시아가 당황한 얼굴로 소리쳤다.

"그, 그건 너희들이 잘못한 거야! 그렇게 갑자기 나오는데 놀라지 않고 배기겠어?"

유진이 신시아를 보고 싸늘하게 웃었다.

"이제야 입을 여는군, 신시아."

"유진 선배가 끼어들 일은 아니라고 생각하는데요."

신시아가 차갑게 대꾸했다. 유진이 웃음을 멈추곤 차가운 눈으로 신시아를 쏘아보았다.

"그럼 이게 뭐라는 거지, 신시아?"

"규칙에 어긋난 일은 한 적 없어요. 팀의 대장인 제가 탈락하면 두꺼비를 잡는다고 해도 아무 의미가 없잖아요."

"꼭 네가 두꺼비를 다 잡아야 한다고 생각하는 거야?"

"당연하죠, 글로리아의 보물 하나도 이미 놓쳤는데. 남은 것까지 놓치라고요?"

"보물은 글로리아의 정신을 진정으로 계승하는 자만이 가질 수 있어! 정의의 수호 소녀 글로리아의 마음이 뭔지 모르는 건 아니겠지?

"유진 선배는 미카엘라가 그런 아이라고 생각하나 보죠?"

신시아의 말은 상당히 날카로웠다. 유진이 눈을 크게 뜨고 눈썹을 찌푸렸다.

"왜 대답을 못 해요?"

신시아의 아름다운 얼굴에 비뚤름한 미소가 걸렸다.

"처음부터 선배가 미카엘라를 지지한다는 걸 알고 있었어요. 짝꿍이 되어 달라는 제 부탁도 거절하기에 누구를 선택하나 했더니……."

신시아의 시선을 받은 미카엘라가 어리둥절한 표정을 지었다. 유진이 미카엘라와 짝꿍을 한 것은 달빛 드레스 때문이었지 다른 이유는 없었으니까.

그런데 어쩐지 유진의 표정이 이상했다. 뭔가 말을 하려다가 마는 모습이 꼭 뭔가를 말하고 싶어 하는 것 같기도, 그 반대인 것 같기도 했다. 유진의 침묵에 미카엘라는 대신 나서서 뭐라 말을 하려 했다.

그때 유진이 소리쳤다.

"미카엘라!"

숲속에서 두 그림자가 뛰쳐나왔다. 후드를 눈 위까지 깊게 눌러쓴 그림자는 주저 없이 미카엘라를 향해 달려왔다.

미카엘라는 얼른 공격 자세를 취했다. 그런데 놀랍게도 그림자들은 미카엘라 옆을 그냥 잽싸게 지나쳐 버렸다.

그림자들의 뒷모습을 보며 미카엘라는 이상하다고 생각했다. 그림자들은 두꺼비잡기 대회의 모든 참가자들을 공격했다. 그런데 바로 앞에 선 미카엘라의 팀을 공격하지 않다니.

'호, 혹시…….'

뭔가 눈치를 챈 미카엘라가 바로 뒤를 돌았다. 눈앞에 펼쳐진 상황은 미카엘라의 짐작 그대로였다.

'신시아!'

그림자들이 공격한 건 다름 아닌 신시아였다.

약초 담당인 신시아는 이미 세 번의 치료 기회를 모두 다 자신에게 써 버려서 또 공격을 당하면 그대로 탈락해야 하는 처지였다. 팀원들을 버린 터라 신시아 대신 공격해 줄 검도, 막아 줄 방패도, 앞을 밝혀 줄 등불도 없었다.

반사적으로 미카엘라의 발걸음이 신시아를 향했다. 그러다 뚝 발걸음이 멈췄다.

　미카엘라의 팀 또한 이미 약초 찬스를 모두 사용했다. 만약 여기서 그림자에게 공격을 당한다면 그대로 탈락이었다. 그리고 탈락을 하면…… 허망하게 올해 두꺼비잡기 대회를 날려 버리게 된다.

　'이런 순간에선 어떤 선택을 해야 할까.'

　미카엘라의 고민이 깊어졌다. 솔직히 신시아를 구해 낼 수 있을지 장담할 수 없었다. 어쩌면 신시아도, 자신도 탈락하는 최악의 상황이 올지 몰랐다. 신시아를 도와주지 않았다고 해서 다른 사람들에게 비난받지는 않을 것이다. 두꺼비잡기 대회 내내 신시아가 미카엘라를 얼마나 견제했는지는 다른 사람들이 더 잘 알았으니까. 미카엘라에게 신시아를 도와줄 이유는 아무것도 없어 보였다.

　이번 한 번만 못 본 척 넘어간다면 미카엘라는 별똥별 구두를 손에 넣을 수 있었다. 그냥 이렇게, 딱 한 번만 모른 척한다면.

　미카엘라가 눈을 감았다. 귓가에 언젠가 아빠가 했던 말이 스쳐 지나갔다.

　'미카엘라, 가장 막강한 적은 대부분 눈에 보이지 않아. 이를테면 나태나 불의나 자만과 같은, 자신만이 알아챌 수 있는 것들이지. 이 적과 맞서 자기 삶을 승리하도록 이끌려면 누구의 시선도 의식하지 말고 네 마음을 들여다봐야 한단다. 삶은 다른 사람과의 경쟁이 아니라 너 자신과의 경쟁이니까. 알겠니, 미카엘라?'

처음에 미카엘라는 대체 아빠가 무슨 말을 하는지 이해할 수 없었다. 하지만 지금은, 지금은 아빠가 무슨 말을 하고 싶었는지 충분히 알 수 있었다.

눈에 보이지 않는 적들.

미카엘라가 작은 한숨을 내쉬었다. 삶에는 늘 갈림길이 있을 것이고 늘 선택을 강요받을 것이다. 쉬운 길을 선택하라는 유혹에 시달릴 때도 있을 테다. 네가 아무리 올바른 길만 택해도 세상은 한 톨도 변하지 않는다고, 알아주는 사람 하나 없을 거라고, 하는 사람들 말이 맞을 수도 있다. 하지만 미카엘라는 그 말을 받아들일 수 없었다.

두꺼비잡기 대회는 내년에도 또 있다. 물론 미카엘라는 8학년이 되니까 구경만 하게 되겠지만 그 정도라도 재밌을 것 같았다. 이젠 깨달았다. 우승자가 되는 것보다 더 중요한 것이 있다는 걸.

정의의 수호 소녀 글로리아.

미카엘라가 두꺼비잡기에서 우승하고 싶었던 이유는 글로리아처럼 되고 싶어서였다. 아름다운 보물들을 몸에 두르고 다른 사람의 부러움 가득한 눈길을 받는 정의의 수호 소녀가 되고 싶었다. 하지만 두꺼비잡기 대회를 거치면서 꼭 글로리아의 후계자에 올라야 글로리아가 되는 건 아니라는 생각이 굳어졌다. 글로리아의 위대함은 정의와 용기에서 나왔다. 그 마음만 가진다면 누구나 글로리아가 될 수 있었다.

미카엘라가 천천히 눈을 떴다. 선택할 길은 이제 정해졌다.

"오른쪽으로 움직여, 신시아!"

미카엘라의 발이 지면을 박찼다. 미카엘라의 목소리에 본능적으로 반응한 신시아가 오른쪽으로 움직였고 그 사이를 미카엘라가 파고들었다.

신시아가 멍한 얼굴로 자신과 그림자 사이에 끼어든 미카엘라를 바라보았다. 미카엘라의 갈색 머리칼이 달빛을 받아 환히 빛났다. 그 아래서 반짝이는 미카엘라의 녹색 눈동자는 꼭 어린 새순 같았다. 신시아는 처음으로 자신이 아닌 다른 누군가가 아름다워 보인다는 생각을 했다.

"도망쳐!"

미카엘라가 크게 외쳤다. 반대편에 있던 다른 그림자가 바로 공격을 시도했지만 미카엘라는 검을 크게 휘둘러 막아 냈다. 그림자에게 공격을 시도하며 미카엘라가 시간을 버는 사이 신시아는 재빨리 움직였다.

신시아가 완전히 도망친 것을 확인하고 미카엘라는 겨우 안도의 미소를 지었다. 하지만 그 미소도 아주 잠깐이었다.

"안 돼, 미카엘라!"

카밀라의 목소리에 뒤를 돌아본 미카엘라의 눈동자가 커졌다. 바로 뒤에서 그림자 하나가 미카엘라의 팔을 노리고 달려들었기 때문이다.

'너무 늦었어.'

아무리 빨리 움직여도 검을 맞을 게 뻔했다.

'결국은 이렇게 되는구나.'

곧 느껴질 검의 감촉을 생각하며 미카엘라가 눈을 감았다.

모두의 움직임이 멎었다. 그림자의 검 끝에서 나온 새하얀 물감이 교복 웃옷을 물들였다. 미카엘라는 그 광경을 가만히 내려다보았다.

"어째서……."

유진이 허탈한 표정으로 말을 채 잇지 못했다. 나머지 팀원들 역시 비슷한 표정으로 미카엘라와 신시아를 바라보았다.

"이걸로 그동안 받은 건 다 갚았다."

짜증스레 옷에 묻은 새하얀 물감을 툭툭 털어 내며 신시아가 말했다.

"바보같이 가만히 서서 뭐해?"

신시아의 말에 퍼뜩 정신 차린 미카엘라가 얼른 그림자를 찔렀다. 그림자의 어두운 옷에 새하얀 물감이 퍼졌다. 마지막으로 하나 남은 그림자 역시 곧 미카엘라의 검을 맞고 자리에 주저앉았다.

잠깐, 침묵이 흘렀다.

그림자에게 공격당할 뻔한 미카엘라를 구해 준 사람은 다른 누구도 아닌 바로 신시아였다. 신시아가 무슨 생각으로 그랬는지 아는 사람은 아무도 없었다.

흐트러진 머리카락을 정돈한 신시아가 앉아 있던 그림자, 그러니까 두꺼비잡기 위원회 위원에게 물었다.

"난 이제 오늘 두꺼비잡기 끝난 거지?"

멍하니 있던 위원이 어물어물 대답했다.

"응? 아, 응. 맞아."

"그럼 가도 되니?"

"으응. 그, 그럼."

주위의 다른 아이들은 거들떠보지도 않은 채 신시아가 일어나 걸음을 옮겼다.

"잠, 잠깐……."

미카엘라가 신시아의 뒤를 쫓아가려 했다. 그 순간 누군가 미카엘라의 손을 잡았다. 유진이었다. 왜 그러느냐고 묻는 듯한 미카엘라의 표정에 유진이 고개를 내저었다.

"지금 따라가도 좋을 거 없어. 그리고 넌 여기서 해야 할 일이 있잖아."

"해야 할 일요?"

주저앉아 있던 그림자 하나가 일어나 주머니에서 무언가를 꺼냈다. 그것을 받아든 미카엘라가 아, 하는 소리를 냈다. 미카엘라의 옆으로 뛰어온 카밀라와 사만다가 기쁨의 환호성을 질렀다.

"두꺼비야! 미카엘라, 네가 마지막 두꺼비를 잡았다고!"

"축하해, 미카엘라."

주변에 있던 다른 그림자도 후드를 벗고는 미카엘라를 축하해 주었다. 그림자 하나가 무전기로 세 번째 미션을 통과한 참가자가 나왔다는 소식을 전했다. 근처에서 미션을 진행하고 있던 다른 팀 아이들이 소식을 전해 듣곤 미카엘라 주변으로 모였다.

두꺼비잡기 위원회 위원장이 미카엘라가 가진 세 장의 두꺼비 쪽지를 확인하고는 작은 상자를 미카엘라에게 건넸다.

"축하한다, 미카엘라."

"얼른 열어 보자!"

옆에서 카밀라가 재촉했다.

미카엘라가 천천히 상자의 뚜껑을 열었다. 보드라운 벨벳 위에는 말 그대로 별똥별처럼 반짝거리는 구두가 있었다. 구두의 앞코에 박힌 별 모양으로 커팅 된 보석이 눈을 뗄 수 없게 만들었다. 끈으로 사이즈를 조절할 수 있게 한 스트랩 부분은 멋스러웠다. 별똥별 구두는 신는 사람을 꼭 하늘로 데려다줄 것만 같았다.

사만다가 말했다.

"정말 예쁘다! 한번 신어 보면 어때?"

"이, 이런 데서?"

미카엘라는 당황한 표정을 지었다. 옆에서 유진이 별똥별 구두를 꺼내 미카엘라의 발 앞에 놓아 주었다.

"거기 옆에 있는 바위에 앉아서 신어 봐, 미카엘라."

"무슨 짓을 하는 거예요?"

"다른 아이들도 네가 별똥별 구두를 신은 모습을 보고 싶어 하잖아. 게다가 지금이 아니면 또 언제 신어 보겠어. 최종 우승자가 되지 못하면 대회 끝나는 날 두꺼비잡기 위원회에게 보물들을 돌려주어야 하는걸."

유진이 시원하게 답했다. 옆에서 카밀라는 얼른 신어 보라는 듯 미카엘라의 어깨를 두드렸다. 예쁜 것에 대한 미카엘라의 동경을 잘 알고 있는 카밀라의 응원이었다.

마침내 미카엘라가 진흙투성이 운동화를 벗곤 별똥별 구두에 발을 넣었다. 사만다가 미카엘라의 발에 꼭 맞게 구두 스트랩을 조절해 주었다.

위원장이 큰 소리로 외쳤다.

"에메랄드 숲의 두꺼비잡기 미션을 통과한 참가자는 바로 7학년 미카엘라입니다!"

"미카엘라! 미카엘라!"

주변 아이들이 소리쳤다. 미카엘라가 아이들 얼굴을 천천히 살펴보았다. 다들 미카엘라의 승리를 진심으로 축하해 주는 표정이었다.

미카엘라는 자신의 발에 신겨 있는 별똥별 구두를 바라보았다. 이상했다. 하나도 기쁘지가 않았다.

끝끝내 밝혀진
학생회장의 비밀은?

내일이면 올해 두꺼비잡기 대회의 막이 내린다.

에메랄드 숲의 사건이 있고 난 뒤로 신시아는 좀처럼 기숙사 밖으로 나오지 않았다. 팀 루나의 다른 아이들도 마찬가지였다. 미카엘라는 그날 왜 신시아가 자신을 도와줬는지 궁금했다. 신시아를 이대로 둔다면 마음이 더 불편할 것 같았다.

그게 지금 미카엘라가 신시아의 기숙사 방문 앞에 서 있는 이유였다.

화려하게 꾸민 방문이 신시아의 방이라는 것을 확연히 알려 주었다. 몇 번이나 노크하려다가 만 미카엘라가 작게 한숨을 내쉬었다.

'대체 만나서 뭐라고 해야 하나. 왜 그랬느냐고? 뭐라고 말을 시작해야 신시아의 마음을 상하지 않게……'

벌컥.

미카엘라의 머릿속이 새하얗게 변했다. 갑자기 열린 문 뒤로 분홍색 레이스가 달린 나이트가운을 입은 신시아가 드러났다. 미카엘라를 알아본 신시아가 잠깐 눈썹을 찌푸렸다.

"네가 왜 여기 있어?"

"너랑 하고 싶은 이야기가 있어서. 잠깐 들어가도 될까?"

미카엘라가 조심스럽게 답했다. 신시아의 푸른 눈동자가 미카엘라를 위아래로 훑어보았다.

"들어와."

침착한 신시아의 대꾸에 미카엘라는 놀랐다. 신시아가 마음을 바꿀까 봐 미카엘라는 얼른 문 안으로 들어섰다.

방 안은 온통 핑크색이었다. 천장에 드리운 캐노피와 창가의 레이스 커튼, 침대 위에 쌓여 있는 인형들과 작은 장식장까지 모조리. 기숙사 방이라곤 생각할 수도 없을 만큼 화려하게 꾸며져 있었다.

방 안을 둘러보며 미카엘라가 저도 모르게 입을 벌렸다.

"정말 예쁘다!"

"이 정도야 기본이지. 우리 집 내 방은 여기보다 훨씬 더 화려하고 예뻐."

뽐내듯 말하는 신시아를 보며 미카엘라는 다행이라고 생각했다. 신시아에게는 이런 모습이 가장 잘 어울렸으니까.

침대 위에 걸터 앉은 신시아가 미카엘라를 빤히 바라보았다. 대체 무슨 일로 왔냐고 묻는 것만 같았다. 미카엘라는 가만히 신시아 옆에 가 앉고는 조심스레 입을 열었다.

"그, 숲에서 말이야. 고맙다고 말하고 싶어서."

신시아의 긴 속눈썹이 잠깐 팔랑거렸다. 미카엘라가 얼른 말을 이었다.

"네가 나 대신 그림자의 공격을 받아 냈잖아. 그땐 너무 정신이 없어서 고맙다는 말도 못했는데……."

"넌 항상 이러니?"

신시아의 갑작스러운 질문에 미카엘라가 당황했다.

"응?"

"난 네가 목숨을 구해 줬는데도 고맙다고 말하지 않았어. 그 후에도 계속 너한테 못되게 굴었고. 그리고 그 전에 너 역시 날 그림자에게서 보호해 줬잖아."

"그, 그런 거와는 달라. 내가 전에 어쨌건 상관없어. 중요한 건 그 순간 네가 날 구하려고 했던 그 행동뿐이야. 그건 당연히 고마워해야 할 일이야. 그리고 나 역시도……."

미카엘라가 잠시 말끝을 흐렸다. 나쁜 맘을 먹기도 했다는 사실을 털어놓기는 무척 어려웠다. 그러나 지금이 아니면 할 수 없는 말이었다.

"숲에서 널 구하기 전에 머뭇거렸어. 널 구하러 나서지만 않으면 내가 두꺼비를 잡을 수도 있는데, 하면서 말이야. 잠깐이었지만 그런 생각을 한 내 자신이 너무나 싫었어. 신시아, 너에게도 미안했고."

갑자기 신시아의 눈동자가 반짝였다.

"정말?"

"뭐가?"

"너도 그런 생각을 하냐고."

"당연하지, 나도 보통 사람인걸."

"하하하!"

커다란 소리로 신시아가 웃었다. 미카엘라가 눈을 동그랗게 떴다. 브링턴에 다니는 내내 신시아가 이런 식으로 웃는 모습은 한 번도 본 적이 없었다.

신시아가 겨우 웃음을 멈추고는 호기심 가득한 눈으로 미카엘라를 바라보았다.

"미안. 난 네가 못된 생각은 조금도 안 할 줄 알았어. 착한 척하며 사느라 힘들겠다 했지. 그런데 너도 나와 별반 다를 바 없다니 너무 웃겨서 말이야."

"이게 그렇게 재밌진 않은 것 같은데……."

"무슨 소리야, 아주 재밌는걸!"

신시아는 어쩐지 후련해 보이기까지 했다.

'뭐, 그럼 됐지.'

미카엘라는 가벼운 한숨을 쉬고는 고개를 끄덕였다.

"난 그동안 내 방식이 맞다고 생각했어. 나는 특별한 존재니까 다른 사람보다 더 나은 대우를 받아야 한다고 여겼지. 두꺼비잡기 대회의 우승자를 노린 것도 그런 이유에서야. 당연히 내 차지라고 생각했거든."

신시아가 어깨를 으쓱이고 말을 이었다.

"그런데 널 보면서 깨달았어. 뭐든지 당연한 것은 없다는 걸."

잠시 생각에 잠겼다가 신시아가 다시 입을 열었다.

"이번 두꺼비잡기 대회에서 배운 것이 많아. 늘 그 자리에 있을 것 같은 우정이 사실은 누군가의 노력으로 만들어진 굉장히 놀랍고 멋진 거라든가, 나랑 맞지 않을 거라고 지레짐작했던 사람이 알고 보면 아주 괜찮은 사람일 수도 있다는 거라든가."

신시아가 침대 한구석에 있던 작은 상자를 가져왔다.

"난 이번 두꺼비잡기에서 얻어야 할 것을 다 얻었어. 그러니 이건 네 거야."

그러고는 조심스럽게 상자를 열었다.

상자 안에 든 물건이 스탠드 불빛에 반짝였다. 미카엘라의 입이 저절로 벌어졌다.

"이건 샛별 티아라잖아!"

"내 감사의 표시야. 고맙다는 말을 하려고 여기까지 찾아온 너에게 주는 보상이기도 해."

"받을 수 없어!"

"두꺼비잡기가 어떻게 시작됐는지 너도 잘 알잖아. 글로리아의 보물은 정의를 지닌 소녀만이 가질 수 있지. 난 그게 바로 너라고 생각해."

신시아의 푸른 눈이 반짝거리며 모두 진심이라고 말하고 있었다.

"자, 이리 와 봐."

신시아의 손짓에 미카엘라가 조금 더 가까이 다가앉았다. 신시아는 샛별 티아라를 들어 올려 미카엘라의 갈색 머리칼 위에 올려 주었다. 미카엘라의 갈색 곱슬머리 위에서 티아라가 샛별처럼 빛났다.

미카엘라의 모습을 잠깐 빤히 보던 신시아가 입을 열었다.

"좋아. 예쁘다!"

"정말로 이걸 나에게 줘도 괜찮아?"

"내 마음이 변하기 전에 얼른 이 방에서 나가는 게 좋을걸?"

신시아의 농담에 미카엘라가 웃었다.

"정말 뭐라고 표현해야 할지 모르겠어."

"괜찮아. 그 마음 내가 잘 알고 있으니까. 난 네가 두꺼비잡기의 최종 우승자가 되었으면 좋겠어. 나까지 이렇게 응원하는데 당연히 그래 줄 거지?"

"신시아……."

무슨 말을 해야 할까 고민하던 미카엘라가 신시아를 꽉 껴안았다. 끌어안은 두 손과 어깨 사이로 미카엘라의 고마운 마음이 신시아에게 전해졌다. 포옹이 익숙지 않은지 잠깐 얼어붙어 있던 신시아가 벌떡 일어나 창문 밖을 보고 섰다. 그러곤 목청을 가다듬으며 말했다.

"이만하면 됐으니 이젠 밖에 나가 봐."

"밖에?"

"널 기다리는 사람이 한 명 있거든. 아니, 사람이 아니라 두꺼비인가?"

뜻 모를 소리를 하는 신시아를 보며 미카엘라가 고개를 갸웃거렸다. 신시아는 영문 모르고 가만 서 있는 미카엘라의 등을 떠밀어 주었다. 얼떨떨한 채로 미카엘라가 기숙사 건물 바깥으로 나섰다.

작은 등이 켜진 기숙사 뒤편에서 누군가 미카엘라를 기다리고 있었다. 익숙한 실루엣이었다.

"…… 유진 선배?"

"아, 미카엘라."

"여긴 무슨 일로 와 계세요?"

"결국, 그거 받았구나."

질문에 대한 대답 대신 유진은 샛별 티아라를 보며 딴말했다. 티아라를 매만진 미카엘라가 작은 목소리로 대꾸했다.

"고맙다고 인사를 하러 간 건데 오히려 이걸 받아 버렸지 뭐예요."

"신시아도 뭔가 깨달은 게 있는 모양이지."

"확실히 평소와는 달랐어요. 조금 더 편안해진 느낌이라고 해야 하나."

"자기 행동이 잘못됐다는 걸 인정하기는 어렵잖아. 신시아는 그걸 해냈고. 그래서 아닐까? 신시아는 이제 아마 더 나은 사람이 될 수 있을 거야."

"오늘따라 왜 이렇게 무게를 잡고 그래요, 이상하게."

등불 아래서 유진의 눈빛은 묘하게 차분했다.

"너에게 줄 것이 있거든."

"그게 뭐……."

미카엘라는 말을 채 끝마치지 못했다. 그 순간 놀랍게도 유진이 달빛 드레스가 든 꾸러미를 건넸으니까.

유진이 왜 달빛 드레스를 가지고 있는지 하도 궁리해서 이젠 꿈에서도 나올 정도가 된 그 달빛 드레스가 정말로 미카엘라의 눈앞에 있었다. 얼떨떨한 표정을 짓는 미카엘라에게 유진이 답했다.

"내가 왜 달빛 드레스를 가지고 있는지 궁금해했지? 이제 말해 줄 수 있겠네. 난 12년 전 두꺼비잡기 대회 우승자의 대리 자격으로 달빛 드레스를 잠시 맡고 있었던 거야."

12년 전 우승자의 대리인?

미카엘라가 눈을 깜박였다. 곱게 싸인 달빛 드레스 꾸러미 위로 유진이 티켓 두 장을 내려놓았다. 그리고 엄숙한 목소리로 말했다.

"이전 우승자의 대리인으로서 마지막 비밀 미션을 알립니다. 은하수 목걸이, 별똥별 구두 그리고 샛별 티아라를 모두 차지한 참가자에게만 전하는 특별 미션입니다. 미카엘라, 이 티켓을 가지고 마지막 미션 장소로 이동하세요!"

미카엘라는 여전히 멍한 얼굴로 티켓을 들어 살폈다. 그 티켓은 샐버리에서 안타나나까지 가는 기차표였다.

놀란 눈으로 미카엘라가 유진을 바라보았다.

"이게 무슨……!"

유진이 미카엘라의 손을 잡았다.

"기차 출발 시간이 30분도 안 남았어! 저번에 탔던 자전거, 아직 있지? 그거 타고 가면 제시간에 샐버리 역에 도착할 거야. 우승하고 싶어 했잖아, 너. 기회를 놓칠 생각은 아니겠지?"

미카엘라는 무슨 상황인지 전부 다 이해할 수 없었다. 하지만 아무래도 상관없었다. 평소처럼 끝까지 포기하지 않고 최선을 다하면 될 뿐.

"자전거는 수리해서 그 자리에 세워 뒀어요."

"좋아, 외출 신청서는 내가 대신 써 놨어. 얼른 가자!"

"네!"

뭐? 달빛 드레스를
어쩌라고?

"안타나나행 기차가 잠시 후 출발하겠으니 승객 여러분들은 모두 탑승하여 주십시오. 다시 한 번 알려드립니다, 안타나나행 기차가……."

한산한 샐버리 역 플랫폼으로 교복 입은 두 학생이 헐레벌떡 달려오고 있었다.

겨우 기차 문손잡이를 잡은 미카엘라가 유진에게 손을 내밀었다.

"빨리 와요!"

미카엘라의 손을 잡고 겨우 기차에 올라탄 유진이 무릎에 손을 짚은 채 헉헉거렸다.

"네가 무지막지한 속도로 달리는 건 생각도 안 해?"

"이 정도 가지고 힘들어하는 선배가 이상한 거예요. 얼른 자리에나 앉자고요."

기차가 천천히 출발했다. 여유를 찾은 유진을 보며 미카엘라가 말을 꺼냈다.

"대체 안타나나에 뭐가 있는 거예요?"

"무엇이 아니라 누구야."

"네?"

"전 우승자. 12년 전 두꺼비잡기의 우승자가 바로 내 누나야."

"네에?"

미카엘라의 눈이 커졌다.

"그런 말, 한 번도 안 했잖아요!"

"내가 우승한 것도 아닌데 말해 뭐해."

"하지만 그렇다고 해도 왜 선배가 달빛 드레스를 몰래 숨겨야 했는지는 모르겠는데요?"

"다른 보물들은 우승자가 일 년 동안 가지고 있다가 두꺼비잡기 위원회에 반납하지만, 달빛 드레스는 다음 대회 마지막 비밀 미션 때 우승자에게 직접 전해야 한대. 매년 우승자를 기다

렸는데 안 나오니까 이번엔 누나 대신 내가 우승자의 대리인 자
격으로 직접 달빛 드레스를 들고 학교로 왔지. 알다시피 난 8학
년이니 이번이 마지막 두꺼비잡기 대회잖아."

유진의 무릎 위에 얌전히 놓인 꾸러미를 보며 미카엘라가 고
개를 끄덕였다.

"마지막 비밀 미션은 뭐죠?"

"그건 아무도 몰라. 저번 우승자인 우리 누나만 알고 있어."

"마지막이니 그만큼 더 어렵겠죠?"

"그럴 수도 있겠지. 그나저나 나는 미션보단 우리 누나와 네
가 만나는 게 더 걱정스러워."

"왜요?"

"우리 누나가 좀 괴팍하거든. 너도 만나 보면 알 거야."

"선배가 그렇게 말하니 걱정되잖아요."

"그래도 미카엘라 너라면 잘할 수 있을 거야! 아, 그리고 우리
누나가 널 알고 있어도 그러려니 해."

"절 알고 있다고요?"

약간 난감한 표정으로 유진이 뒷목을 쓸었다.

"그, 그러니까 내가…… 너에 대해서 종종 말한 적이 있거든."

"에? 우리는 말 튼 지 이제 일주일도 안 됐잖아요!"

"그건 그렇지만! 아, 꼭 이야기를 나눠야 안다고 말할 수 있

나? 몰라, 도착할 때까지 난 잘 거니까 깨우지 마."

유진이 짜증을 내며 벗어 둔 교복 윗옷을 머리끝까지 올려 덮었다.

'저런 성격을 다른 여자애들도 알아야 할 텐데.'

미카엘라가 작게 혀를 찼다.

창밖으로 샐버리 마을이 멀어져 갔다. 안타나나까지는 한 시간 정도가 걸린다고 했다. 기차가 빠른 속도로 안타나나를 향해 달려갔다.

미카엘라가 천천히 눈을 깜박였다. 눈앞의 문이 꽤 무거워 보였다.

끼익.

생각보다 문은 쉽게 열렸다. 안으로 발걸음을 옮기던 미카엘라가 뒤를 바라보았다.

"선배……."

유진은 가만히 선 채로 농담을 던졌다.

"이제 내가 좀 아쉬워? 그래도 어쩌겠어. 비밀 미션에 짝꿍은 끼어들지 못하는걸."

그래도 미카엘라의 불안한 표정이 가시질 않자 유진은 진지한 얼굴로 다시 말했다.

"결과가 어떻든 나에게 너는 두꺼비잡기의 우승자야. 알지?"

이제 미카엘라가 미소 지었다. 조금은 편안해진 미카엘라의 표정을 확인하고는 유진이 덧붙였다.

"자, 이제 들어가 봐. 난 여기서 기다리고 있을게."

"다녀올게요, 선배."

미카엘라가 방 안으로 발을 옮겼다. 안으로 들어서자마자 쾅, 하고 문이 저절로 닫혔다. 문 뒤로는 두꺼운 커튼이 쳐 있었다. 한 번 크게 숨을 들이마신 미카엘라가 커튼을 젖혔다. 곧장 미카엘라의 눈이 휘둥그레졌다.

그곳은 정말 기묘했다. 천장과 한쪽 벽면이 모조리 유리창이었다. 그 창으로는 달빛이 와락 쏟아져 내리고 있었다.

'마치 유리로 만든 성 같아.'

높은 천장 아래로는 커다란 나무와 식물들이 빼곡히 자리했다. 게다가 달콤한 꽃향기와 낮게 들려오는 새소리까지, 방 안이라는 걸 믿을 수 없는 광경이었다.

미카엘라는 늘어져 있는 넝쿨을 손으로 젖히고는 조심스럽게 더 안으로 발걸음을 옮겼다.

마침내 방 가운데에 도달하자 작은 벽난로와 그 옆에 놓인 티 테이블이 보였다. 고풍스러운 벽난로 안에서 타닥타닥 장작이 타고 있었고 테이블 위에는 찻잔과 주전자, 과자를 담은 접시가 놓여 있었다. 티 테이블의 두 의자는 비어 있었다. 미카엘라는 이상한 나라로 들어와 버린 앨리스가 된 기분이었다.

"저기, 아무도 안 계세요?"

"아, 잠깐만 기다려!"

어딘가에서 목소리가 울려 퍼졌다. 곧 우당탕 소리가 나더니 커다란 잎사귀 사이로 누군가 불쑥 모습을 드러냈다. 유진과 똑같은 밀짚색 머리칼에 갈색 눈동자를 한 여자였다.

"어서 와! 네가 그 미카엘라구나?"

어깨를 감싸고 있던 숄을 펄럭이며 유진의 누나가 물었다.

"네, 안녕하세요. 늦은 저녁에 찾아와서 죄송해요. 내일이 바로 글로리아 파티라서 오늘밤에 시간이 없었어요."

"뭐 어때. 나는 늦게 자는 편이라 상관없어."

미카엘라에게 성큼성큼 다가온 유진의 누나는 생글생글 웃는 눈으로 미카엘라를 꼼꼼하게 훑었다.

"유진이 입이 닳도록 말하기에 어떤 애인지 정말 궁금했어. 그런데 이렇게 두꺼비잡기의 마지막 미션 도전자로 오다니, 상상도 못 했네!"

"저도 유진 선배의 누나가 이전 우승자이실 줄은 몰랐어요."

"내 이름은 나미야"

나미의 목소리가 시원시원했다. 미카엘라가 보기에도 두꺼비잡기 우승자가 될 만하다는 느낌이 들었다.

"일단 앉아서 차부터 마실까? 어쨌든 넌 내 손님이니까."

나미가 손짓으로 의자를 안내했다. 미카엘라는 조금 얼떨떨한 기분으로 자리에 앉았다.

익숙한 솜씨로 나미가 예쁜 찻잔 가득히 차를 부었다. 옅은 붉은빛을 띤 차에서 달콤한 향기가 났다. 차를 한 모금 마신 미카엘라가 황홀한 눈으로 나미를 바라보았다.

"엄청 맛있어요! 차는 다 쓰다고만 생각했는데."

"특별히 내가 직접 기른 찻잎으로 제조했거든. 처음 마시는 사람도 거부감 없도록 만들었지."

쏟아지는 달빛과 이국적인 실내 정원, 그 아래 펼쳐진 한밤의 티 파티. 미카엘라는 꼭 꿈이라도 꾸고 있는 기분이었다.

달칵거리는 소리를 내며 찻잔을 접시 위에 올려놓은 나미가 미카엘라 무릎에 고이 올려진 꾸러미를 바라보았다.

"언제쯤 달빛 드레스의 새 주인이 나올까 궁금했는데, 그게 오늘일 줄은 몰랐네. 안에 든 달빛 드레스를 봤니?"

"아, 아뇨. 보지 않았어요."

"어머, 왜?"

"미션을 다 통과하지 않았잖아요. 규칙에 어긋난다고 생각해서요."

"역시 유진의 말대로구나, 너."

"네?"

"고지식한 거 말이야. 그렇게 살면 안 피곤해?"

"그렇지 않을 때가 더 신경 쓰이는 걸요."

미카엘라의 대답에 나미가 음, 하는 소리를 내며 잠깐 생각에 잠겼다. 찻잔의 차가 식을 때까지 말이 없던 나미가 드디어 입을 열었다.

"마지막 미션이 뭔지 궁금하겠지?"

"당연하죠."

"유진이 무슨 말로 둘러댔을지는 대충 짐작이 가. 사실을 말하자면…… 달빛 드레스는 걔가 이번 방학 때 마음대로 학교에 가져가 버린 거야. 며칠 전에야 전화로 이실직고를 하지 뭐야."

"네? 선배는 자기가 전 우승자의 대리인이라던데요?"

"그것도 틀린 말은 아니야. 유진에게 전화를 받은 후 두꺼비잡기 위원회와 상의 끝에 그 애를 내 대리인으로 정했거든. 그래서 너에게 마지막 미션을 내 대신 전달했던 거지. 네가 유진이 달빛 드레스를 가지고 있다는 걸 알고는 그 애에게 짝꿍이 되어 달라고 했다면서?"

"네."

"이걸 행운이라고 해야 할지."

"행운요?"

"그래, 그 앤 아마 너를 도와주고 싶었던 것 같으니까."

어리둥절한 미카엘라를 보며 나미가 더 큰 소리로 웃었다.

"이렇게 재밌는 애인 줄 알았으면 더 일찍 데려오라고 할걸. 오늘은 시간이 없으니까 제대로 이야기도 못할 거 아냐."

"예?"

"여기서 샐버리로 돌아가는 마지막 열차가 한 시간 뒤에 있거든. 그걸 놓치면 학교로 제때 돌아갈 수 없게 돼. 그러니까 내가 낸 미션에 한 시간 안에 답해야 한다는 말이지."

"그, 그런……."

"미션은 아주 간단하단다."

유진과 꼭 닮은 나미의 갈색 눈동자가 반짝 빛났다.

"달빛 드레스를 태우렴."

나미의 입에서 나온 말은 미카엘라에게 청천벽력 같은 소리였다.

"태워요? 뭘요? 달빛 드레스를요?"

"당연하지. 그럼 또 뭐가 있어?"

태연한 얼굴로 나미가 벽난로를 가리켜 보였다.

"초여름에 벽난로 불을 왜 지폈겠어?"

"대, 대체 왜 그런 짓을 해야 해요? 이건 글로리아의 보물, 달빛 드레스라고요!"

"알아. 내가 12년 동안이나 가지고 있던 건데 모를 것 같니?"

"그게…… 정말 마지막 미션인가요?"

"그래, 네가 만약 달빛 드레스를 그냥 가져간다고 해도 불이익은 없을 테니 걱정 마. 공식적으로 달빛 드레스를 가지고 있는 사람은 나야. 그리고 내가 이런 미션을 냈다는 건 너와 나만 알지. 네가 그걸 입고 나간다고 해도 난 막지 않아. 간단하지?"

벽난로에 위에 걸린 시계를 힐끗 바라본 나미가 말을 이었다.

"앞으로 한 시간 뒤, 네가 어떤 모습으로 이 문을 나설지는 너에게 달려 있어."

할 말은 다 끝났다는 듯 나미가 의자에 몸을 묻고 눈을 감았다. 마치 자는 것처럼 고요하게. 더 이상 아무 말도 하지 않겠다는 뜻이었다.

'대체 뭘 어떡하라는 거야, 날더러!'

미카엘라의 머릿속이 너무 복잡해졌다.

선택은 둘 중 하나. 달빛 드레스를 가져간다면 두꺼비잡기의 우승자가 되고, 그냥 태운다면 이대로 우승자의 자리를 놓치게 되었다.

미카엘라는 나미가 원하는 대답이 뭔지 도무지 알 수가 없었다. 이해할 수도 없는 미션을 낸 나미에게 화가 났고, 동시에 선택을 머뭇거리는 자신에게도 화가 났다.

미카엘라의 손이 꾸러미 위의 은색 두꺼비 문양을 쓸었다. 버석거리는 포장지의 감촉이 느껴졌다.

지난 엿새 동안의 일들이 미카엘라의 머릿속을 빠르게 스쳐지나갔다.

다른 아이들이 모두 두꺼비를 잡으러 박물관으로 가고 난 자리에 처량하게 앉아 흩어진 진주들을 모을 때만 해도 미카엘라는 이렇게 멀리 올 거라고는 상상도 못했다. 할머니가 은하수 목걸이를 건네줬을 땐 얼마나 가슴이 벅찼는지.

겨울호수에 빠진 신시아를 구하던 순간은 다시는 떠올리고 싶지 않았다. 목숨을 구해 준 사람에게 고맙다는 말 한마디 없이 보물을 차지하기에 급급했던 신시아를 보면서 조금 씁쓸하기도 했다.

별똥별 구두는 친구들의 도움이 없었더라면 절대 얻지 못했을 보물이었다. 각자 맡은 역할에 최선을 다하며 한 발짝씩 전진하던 그 시간은 아마 오래도록 기억에 남을 것이다.

그리고 신시아가 샛별 티아라를 건넸던 순간.

'난 네가 두꺼비잡기의 우승자가 되었으면 좋겠어.'

신시아의 목소리가 아직도 귀에 생생했다.

물심양면 곁에서 애써 준 카밀라와 사만다와 유진, 그리고 그토록 집착했던 보물을 기꺼이 내어 준 신시아에게 보답하기 위해서라도 미카엘라는 우승자가 되어야 했다.

타닥타닥 불길이 타오르는 소리가 났다. 불길 안으로 들어가면 달빛 드레스는 이대로 영영 재가 되고 말 것이다. 달빛 드레스를 그렇게 만들 수는 없었다. 미카엘라의 손가락이 꾸러미 한 귀퉁이를 움켜쥐었다.

그 순간, 갑자기 미카엘라의 심장 한 켠이 따끔했다.

'이게 정말로 맞는 걸까? 생각해 봐, 미카엘라. 이게 맞니?'

누군가 미카엘라의 귀에 속삭이고 있었다. 작고 가냘픈 목소리로.

'네 진짜 생각은 뭐야? 너에게 정말로 중요한 건 뭐냐고.'

미카엘라에게 가장 중요한 것은……

양심이었다. 스스로를 속이지 않는 떳떳하고 올바른 마음.

미카엘라의 손에서 천천히 힘이 풀렸다.

'친구들에게 보답하기 위해서 우승자가 되어야 한다고? 다 핑계야. 사실 내 욕심 때문이잖아. 그럴듯한 이유를 늘어놓으며 스스로를 합리화시키는 것뿐이고.'

끼익.

미카엘라가 앉은 의자가 뒤로 밀려났다. 아무 일 없이 시간은 꽤 지나가 있었다.

조용히 타오르는 난롯불을 보며 미카엘라는 입술을 깨물었다. 의자 소리에 천천히 눈을 뜬 나미가 입을 열었다.

"결정했니?"

"…… 네."

깊은 숨을 들이마시며 미카엘라가 포장을 뜯고 달빛 드레스를 들어 올렸다.

새하얀 달빛 아래서 반짝이는 달빛 드레스.

달빛에 비친 미카엘라의 표정이 단호했다. 이젠 선택한 길을 가야 할 때였다.

느린 걸음으로 미카엘라가 벽난로 앞에 섰다. 일렁이는 불길을 바라보는 미카엘라의 연두색 눈동자에서 눈물이 뚝뚝 떨어졌다. 미카엘라는 눈을 질끈 감는 동시에 들고 있던 드레스를 불 속으로 던졌다.

펑!

불길이 순간적으로 커졌다. 곧 타는 냄새가 코끝을 찔렀다.

'아, 이젠 정말 끝이구나. 이렇게 이번 두꺼비잡기 대회는 끝이 났구나.'

불길에 먹혀 버린 드레스 자락이 눈물로 흐릿해진 미카엘라의 시야에 들어왔다. 은색 치맛자락이 빨갛게 달아올랐다가 곧 검은 재로 변했다. 미카엘라의 시선은 거기서 떨어질 줄을 몰랐다.

나미가 조용히 말했다.

"정말로 태워 버렸구나."

"……."

미카엘라는 대답할 기운도 나지 않았다. 나미가 멍한 표정으로 난로 안을 들여다보고 있는 미카엘라의 어깨를 감싸 안았다.

"있지, 난 네 나이 때 너보다 키가 훨씬 작았거든."

갑자기 나온 생뚱한 말에 미카엘라가 고개를 갸웃거렸다. 나미는 계속 말을 이었다.

"물론 지금은 이렇게 컸지만 당시에는 키가 작은 게 꽤 고민거리였어. 그런데 미카엘라 넌 되게 크구나?"

"저희 가족들이 다 키가 커요. 저도 어릴 적부터 키가 큰 편이었고요."

미카엘라는 어디로 흘러가는 이야기인지 몰랐지만 일단 대답을 했다.

"아까 갈팡질팡하고 있을 때 무슨 기분이 들었지, 미카엘라?"

"마음이 따끔했어요."

"그래, 네가 느꼈던 그 따끔거림을 잊으면 안 돼. 양심을 찌르는 가시는 너무 여려서 쉽게 닳거든. 그 따끔거림을 회피하지 않는 사람만이 진정한 정의에 대해서 말할 수 있단다."

나미의 눈은 진지했다.

"너는 네 자신과의 싸움에서 이긴 거야. 가장 골치 아픈 적은 자기 안에 있단다. 그러니 앞으로도 힘든 일이 있을 때면 늘 이 순간을 떠올리렴."

나미가 미카엘라의 눈물을 닦아 주었다.

"고맙습니다. 이번 기회로 양심을 저버리지 않는 선택이 얼마나 소중한지 깨달았어요. 비록 우승자는 되지 못했지만요. 앞으로도……."

"응? 난 네가 우승자가 되지 못했다고 한 적은 없는데?"

"네? 하지만 이미 달빛 드레스는 태웠고……."

"내가 아까 말했잖아. 내가 네 나이 땐 키가 너보다 훨씬 작았다고!"

"그게 무슨 상관이에요?"

"당연하지. 내 달빛 드레스는 너에게 맞지도 않았을 테니까!"

나미의 말에 미카엘라는 한 대 맞은 듯한 표정이 되었다. 나미가 깔깔 웃었다.

"달빛 드레스는 우승자가 나올 때마다 새로 만들어. 장신구들은 몰라도 드레스를 어떻게 여러 사람이 입을 수 있겠어! 내 드레스를 미카엘라 네가 입었다가는 정말 웃긴 꼴이 되었을 걸? 넌 마지막 미션까지 통과한 거야! 축하해, 우승자님!"

"뭐…… 지금 뭐라고 하신 거예요?"

"네가 이번 두꺼비잡기 대회의 우승자라고!"

크게 웃으며 나미가 한쪽 구석에서 무언가를 꺼내 왔다.

"자, 받아."

나미가 내민 것은 웃기게 생긴 두꺼비 인형이었다.

"배를 누르면 꾸르륵 소리도 난다?"

"이게 뭔데요?"

"뭐긴! 마지막 두꺼비지."

미카엘라는 멍한 표정으로 커다란 두꺼비 인형을 내려다보았다. 배를 누르니 정말 꾸르륵 소리가 났다. 두꺼비의 등에는 금색 실로 '글로리아의 두꺼비'라고 자수가 놓여 있었다.

우승자라니, 미카엘라는 정말 믿기지 않았다. 꿈인지 아닌지 확인하려고 볼을 꼬집어 보았다.

"아얏!"

생생한 아픔만 느껴질 뿐이었다.

미카엘라는 문득 엄마의 말을 떠올렸다. 다른 사람들을 돕는다면 그 사람들도 너를 도와줄 거라던 말. 엄마의 말이 맞았다. 카밀라, 사만다, 신시아 그리고 유진까지. 혼자서 해낸 일이 아니었다. 이건 우리 모두의 우승이었다.

글로리아 파티의
파트너가 되어 줘요

글로리아 홀은 다른 때보다 훨씬 더 화려하게 꾸며 있었다. 6학년생들과 미술부, 담당 선생님들이 일주일 동안 노력한 결과였다.

계단에는 붉은색 카펫이 깔렸고 천장에는 아름다운 촛대 조명이 불을 밝혔다. 군데군데 막 꺾어 온 듯한 꽃들이 화병에 담겨 생기를 뿜냈다. 아치형의 입구는 리본과 종, 종이로 만든 꽃으로 장식되어 있었고 그 아래서 두꺼비잡기 위원회 위원이 속속 들어오는 사람들의 명단을 기록하고 있었다.

글로리아 홀로 들어서는 여학생들의 모습은 그야말로 그림 같았다. 전부 이날을 위해 특별히 준비한 드레스를 예쁘게 차려 입었다. 마치 동화책에 나오는 무도회를 연상시켰다.

화려한 장신구들로 치장한 여학생들 사이에서 유독 한 사람이 눈에 띄었다.

"유진 선배!"

"아…… 사만다."

유진이 부드러운 미소를 지으며 대답했다. 사만다가 유진 주위를 한 바퀴 빙 돌며 아래위로 훑었다. 풀을 먹인 리넨 와이셔츠와 짙은 회색 재킷을 입고 손에는 꽃 한 송이를 들고 있었다.

"브링턴의 왕자라는 명성이 아깝지 않네요."

평소보다 초조해 보이는 유진의 얼굴을 빤히 보고 사만다가 덧붙여 말했다.

"미카엘라는 아직 준비 중이에요."

"물어보지 않았는데."

"얼굴이 물어보고 있는걸요. 아마 좀 시간이 걸릴 거예요. 알 잖아요, 미카엘라의 머리카락이……."

사만다와 유진이 동시에 웃음을 터뜨렸다. 마녀의 빗자루처럼 사방으로 뻗으며 곱슬대는 미카엘라의 머리칼을 얌전히 하려면 시간이 많이 필요할 터였다.

"그렇겠군."

"좀만 더 기다리면 될 거예요."

"곧 있으면 글로리아 파티가 시작되는데."

"뭐가 문제겠어요. 미카엘라가 우승자인데."

사만다가 글로리아 홀 입구 벽면에 자리한 금판을 가리켜 보였다. 역대 우승자들의 이름이 적힌 '글로리아의 후계자' 금판이었다. 가장 오른편엔 새로운 이름이 적혀 있었다.

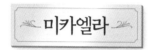

유진이 따스한 눈길로 미카엘라의 이름을 읽었다. 글로리아 홀로 들어가던 몇몇 아이들 역시 서서 후계자의 명단에 새로 올라간 미카엘라의 이름을 보고는 부러운 미소를 지었다.

문득 유진이 어렵게 말을 꺼냈다.

"그런데 한 가지 문제가 있어."

"뭔데요?"

유진은 난감하다는 표정을 지었다. 늘 자신감에 차 있던 유진에게선 보기 어려운 얼굴이었다.

"그러니까…… 미카엘라가 아직 파트너를 안 정했어."

"네?"

"나한테 파트너를 제안할 줄 알았는데 아직 정식으로 신청 받질 못했거든."

"그렇다면 방법은 한 가지네요."

"뭔데?"

"여기서 미카엘라를 기다리는 거요."

"지금 날 놀리는 거지?"

"당연하죠. 하지만 그것 말고는 방법이 없잖아요. 전 이만 들어가 봐야겠네요. 선배에게 별빛의 가호가 있기를."

사만다가 미소를 남기곤 글로리아 홀 안으로 들어가 버렸다. 혼자 남은 유진이 한숨을 푹 쉬고 자신에게 인사하는 여학생들에게 손을 흔들어 주었다.

뎅뎅뎅!

저녁 아홉 시를 알리는 종이 저 멀리서 울렸다. 브링턴의 모든 학생들은 이미 글로리아 파티가 열리는 홀에 모여 있었다. 글로리아 홀로 가는 긴 복도에는 꽃향기만이 감돌고 있었다. 그 긴 복도로 허겁지겁 한 사람이 들어섰다.

미카엘라였다.

뒤뚱거리며 서두르는 미카엘라의 모습은 우스꽝스러웠다. 머리에 올린 샛별 티아라를 한 손으로 잡고, 나머지 한 손으로는 땅에 끌리는 달빛 드레스 자락을 잡아 올리며 미카엘라는 조심조심 걸음을 서둘렀다. 별똥별 구두가 불편한지 걸음걸이가 어색해 보였다. 한 번도 높은 구두를 신어 본 적이 없으니 중심 잡기도 어려운 게 당연했다.

'이런 꼴이라면 글로리아 홀 계단에서 굴러떨어질 게 분명해!'

미카엘라의 머릿속에서는 사람들이 모두 쳐다보는 계단에서 엄청난 소리를 내며 넘어지는 자신의 모습이 느린 동작으로 스쳐 지나갔다.

"아, 안 돼!"

머리를 내저으며 미카엘라가 외쳤다. 그런 우스운 꼴로 다른 사람들에게 기억되고 싶지는 않았다. 상상한 대로 넘어진다면 앞으로 십 년, 아니 삼십 년은 족히 '글로리아 파티에서 넘어진 우승자'라는 꼬리표가 붙어 다닐 것이다. 다시 한 번 마음을 가다듬으며 미카엘라가 조심조심 복도를 지났다.

하지만 급한 마음이 문제였을까. 살짝 올라온 턱에 구두 앞코가 부딪혔고 드레스 자락이 쏠리는 방향으로 미카엘라의 몸이 기우뚱 넘어가고 말았다. 순식간에 바닥이 눈앞에 다가왔다.

꽝!

바닥에 짜부라진 채로 미카엘라가 중얼거렸다.

"아, 아무도 없어서 다행이다. 제, 제발 혹만은 생기지 말아다……."

"드레스를 입고서도 운동하는 거야?"

익숙한 목소리였다. 미카엘라가 얼른 고개를 들었다.

개암 색 눈동자, 밀밭의 색을 닮은 머리칼. 유진의 얼굴이 코앞에 있었다.

'가까이에서 보니 더 잘생겼네.'

이런 생각도 잠깐, 어색한 분위기를 알아채고 미카엘라가 멋쩍게 웃었다.

"아, 서, 선배."

"넘어지다가 샛별 티아라를 망가트리면 대체 다음 우승자가 뭐라고 생각하겠어?"

"그게 걱정되는 거예요?"

"당연하지. 이런 것까지 신경 써 주는 학생회장이 또 어딨겠어, 안 그래?"

"아이고, 참 멋지네요."

"너도."

그게 무슨 말이냐는 듯 미카엘라가 유진을 바라보았다. 유진의 표정이 묘하게 애틋했다. 미카엘라의 얼굴이 순식간에 빨개졌다. 유진이 다시 입을 열었다.

"미카엘라, 너도 정말 멋져. 다른 그 누구보다 말이야."

"예쁜 게 아니라요?"

"너에겐 예쁘다는 말보단 멋지다는 말이 더 잘 어울려. 아름답고 멋지지. 지금 하늘 위에 떠 있는 달처럼 말이야. 태양은 너무 눈부셔서 직접 눈으로 볼 수 없지만 달은 어둠을 밝혀 주는 동시에 자신의 모습을 모든 사람이 볼 수 있게 해 주잖아."

복도 창문으로 들어온 달빛이 둘의 모습을 비췄다.

"미카엘라, 나는 네 마녀 빗자루 같은 머리칼도 좋고 운동을 하느라 그을린 피부도 좋아."

순간 온몸으로 느껴지는 은은한 꽃향기와 포근한 바람이 미카엘라의 마음을 녹였다. 가장 달콤한 것은 귓가에 들려오는 유진의 목소리.

"이번에 두꺼비잡기를 하면서 여러 생각을 했어. 난 지금까지 겉으로만 사람을 대해 왔거든. 그래도 사람들은 날 좋아했어. 그것만으로도 충분했지. 그런데 진심을 표현하는 게 무엇보다 중요하더라. 그걸 널 보면서 알게 됐어."

"그래서 달빛 드레스도 훔쳐 온 거예요?"

"맞아…… 가 아니라! 누가 그래? 누나가 그랬어?"

유진이 당황한 얼굴로 물었다. 미카엘라가 깔깔거리며 대꾸했다.

"네, 나미 언니의 말로는 나를 도와주고 싶어서 그랬다던데. 왜 달빛 드레스를 훔쳤는지 선배에게 직접 물어보고 싶었어요."

"그, 그건."

"진심을 표현하는 게 얼마나 중요한지 깨달았다면서요, 선배."

미카엘라의 연두색 눈동자가 유진을 바라보았다. 손에 쥔 애꿎은 꽃만 만지작거리던 유진이 헛기침을 했다. 미카엘라는 참을성 있게 유진이 입을 열길 기다렸다.

"누나 말이 맞아. 물론 처음엔 일이 그런 식으로 풀릴지 몰랐지. 사실 달빛 드레스를 훔친 건 널 위해서였어. 넌 우리가 며칠 전에 처음 알았다고 생각하지만 나는 아니거든."

미카엘라가 고개를 갸웃거렸다. 유진이 계속 말했다.

"작년 봄에 조정 위원회에서 네가 억울하게 누명 쓴 애를 구해 준 적이 있었지?"

"아……."

"난 그때부터 널 눈여겨보고 있었어. 사실 몇 번이나 너랑 말할 기회를 찾았고. 그런데 넌 항상 수영장이니 펜싱 연습장이니 하는 곳에 콕 박혀 있어서 도대체 기회를 잡을 수가 있어야지!"

약간 투정 부리듯 말하는 유진이 미카엘라는 어쩐지 귀엽게 느껴졌다.

"미카엘라, 네가 이번 두꺼비잡기 대회에 관심이 많다는 걸 알곤 널 도와주고 싶었어. 누가 생각해도 네가 우승자가 될 확률은 없었잖아. 달빛 드레스를 어떻게 활용해서 네게 도움을 줄까 생각이 많았는데, 그걸 가져온 첫날에 너한테 들키고 만 거야. 어쨌든 덕분에 네가 내게 짝꿍을 신청했으니까 오히려 잘 풀렸다고 봐야지."

"그러면서 처음엔 왜 그리 까다롭게 굴었던 거예요?"

"어쩐지 너랑 있으면 긴장이 돼서."

"천하의 유진 선배도 긴장하는지는 몰랐네요. 게다가 그 이유가 저일 줄이야. 사실대로 말하면 전 처음에 선배가 마냥 좋아 보이진 않았어요."

"내가 왜!"

"너무 완벽해 보였거든요. 그럴수록 선배가 하는 모든 행동이 진심이 아닌 것 같았고."

"그럼, 지금은?"

"함께 두꺼비잡기 대회를 겪으면서 저도 선배에 대해 많이 알 수 있었어요. 좋은 부분도 있어 보이고."

미카엘라가 활짝 웃었다. 그 미소를 잠깐 넋 잃은 듯 바라보던 유진이 가까스로 입을 열었다.

"그러니까……"

"그러니까 글로리아 파티에서 내 파트너가 되어 줄래요, 유진 선배?"

미카엘라가 유진의 말을 가로챘다. 당황한 유진이 입을 벌린 채 미카엘라를 바라보았다.

"지, 진심이지, 미카엘라?"

"지금까지 절 도와준 두꺼비인데 파트너야 당연하죠."

"두꺼비?"

"전설 속에서 두꺼비가 글로리아를 도와주잖아요."

"나더러 두꺼비라는 거야?"

"싫어요? 그럼 두꺼비 왕자라고 해 줄까요?"

"됐어! 난 브링턴의 왕자로 충분하다고."

입을 빼쭉 내밀며 툴툴거리고는 유진이 미카엘라한테 한 손을 뻗었다.

"그럼 두꺼비의 자격으로 오늘 우승자이신 미카엘라 님을 에스코트해 드리죠."

"좋아요. 그럼, 갈까요?"

유진의 손을 잡고 미카엘라가 천천히 복도를 걸었다. 붉은 카펫 위로 달빛 드레스 자락이 펼쳐졌다.

글로리아 홀로 들어서는 입구는 한산했다. 마지막으로 명단을 정리하던 두꺼비잡기 위원 중 하나가 둘을 보곤 눈을 크게 떴다. 다른 일을 하던 또 다른 위원은 둘을 보고 손으로 입을 가렸다.

'지금 우리 앞에 서 있는 애가 정말로 미카엘라야?'

위원들이 놀란 시선을 서로 교환했다.

꼬깃꼬깃한 교복 아니면 늘 체육복을 입은 채 폭탄 맞은 듯한 부스스한 머리로 학교를 활보하던 그 미카엘라가 아니었다. 빗자루 같던 머리칼은 우아한 모양으로 곱게 땋아 있었고 갈색 머리칼 위에 얹어진 샛별 티아라는 아름다움을 한층 더 뽐내주었다. 그야말로 진정한 글로리아 파티의 주인공다운 모습이었다.

"늦어서 미안해요. 문 열어 줄 수 있어요?"

미카엘라의 말에 겨우 정신을 차린 위원들이 글로리아 홀의 문을 열며 외쳤다.

"올해 두꺼비잡기 대회의 우승자인 미카엘라와 파트너 유진입니다!"

홀 안을 가득 채우던 음악 소리가 뚝 끊겼다. 홀 안에서 춤을 추고 있던 모든 사람이 홀 입구가 있는 계단 위를 올려다보았다.

유진이 걱정하지 말라는 듯 미카엘라의 손을 꽉 잡았다. 미카엘라는 그 응원에 화답이라도 하듯 환하게 웃으며 입구를 지나 홀 안으로 발을 들였다.

계단 위에 두 사람의 모습이 드러났다. 수많은 눈이 조명 아래로 들어선 미카엘라를 향했다. 달빛 드레스를 입고 환하게 미소 지어 보이는 미카엘라의 모습은 빛나게 아름다웠다. 숨죽이고 있던 모두가 나직한 탄성을 터뜨렸다.

달빛 드레스는 수면 위에 일렁이는 달빛처럼 은색과 푸른색이 뒤섞인 오묘한 빛을 뿜냈다. 미카엘라가 드레스 자락을 살짝 들었다 놓으니 길게 끌리는 밑단이 부드러운 파도처럼 아름다운 곡선을 그렸다.

어깨가 드러난 오프 숄더 디자인에 아래로 풍성하게 퍼지는 드레스 자락은 미카엘라의 큰 키와 잘 어울렸다. 드레스 장식은 가슴 부분에 달린 나비 문양 크리스털과 허리 뒤에 달린 리본이 전부였다. 단순한 디자인이 오히려 미카엘라의 아름다움을 돋보이게 해 주었다.

달빛 드레스와 잘 어울리는 길고 새하얀 실크 장갑이 미카엘라의 팔을 부드럽게 감쌌다. 장갑 끝부분에 장식된 하얀색 레이스가 미카엘라를 마치 공주처럼 보이게 만들었다.

옆으로 땋아 내린 갈색 머리칼에는 중간 중간 하얀 데이지가 꽂혀 있었다. 머리 위에서는 샛별 티아라가 반짝이고 목에서는 은하수 목걸이가 은은히 빛났다. 미카엘라가 걸음을 내디딜 때

마다 별똥별 구두가 드레스 밑으로 살짝살짝 우아한 모습을 드러냈다.

그것들보다도 더 아름다운 건 바로 미카엘라 그 자체였다. 미카엘라는 어떤 보물보다도, 어떤 보석보다도 찬란했다.

순수한 마음을 그대로 담은 맑은 눈빛, 내면의 깊은 곳에서부터 흘러나오는 선한 에너지가 미카엘라를 감싸고 있었다.

유진이 미카엘라를 살짝 앞으로 밀었다. 미카엘라는 그제야 계단 아래서 자신을 바라보는 수많은 사람의 모습을 볼 수 있었다. 유진이 옆에서 속삭였다.

"모두 널 기다리고 있어."

계단 아래 서 있던 모든 사람이 미카엘라를 향해 손을 흔들며 들고 있던 꽃을 던졌다. 글로리아 홀 전체가 미카엘라 이름을 환호하는 소리로 가득 찼다.

"올해의 우승자, 미카엘라!"

"브링턴의 보물!"

교장 선생님의 신호가 있자 모두가 「모닝 글로리아」를 부르기 시작했다. 가사 속 '글로리아'를 '미카엘라'로 바꿔서.

"오, 미카엘라, 순백의 고결함이여. 오, 미카엘라, 성스러운 마음이여……"

사람들의 노랫소리가 글로리아 홀을 가득 메웠다.

노래가 끝나자 미카엘라가 홀 계단 난간을 붙잡고 노래에 대한 화답으로 천천히 손을 흔들었다.

"샐버리 마을을 구했던 소녀 글로리아의 정의로운 마음을 다시 한 번 새길 기회가 되길 바라며, 글로리아 파티의 시작을 알립니다!"

미카엘라의 개회사가 끝나자 와아아 함성이 터져 나왔다. 동시에 천장에서 축포가 펑 터졌다. 흩날리는 꽃가루 아래서 사람들이 서로의 손을 잡고 글로리아 파티를 즐기기 시작했다.

미카엘라가 계단 아래를 내려다보았다. 사만다와 카밀라, 신시아를 비롯한 팀 루나의 아이들의 표정이 그 어느 때보다 밝고 환했다.

"미카엘라."

유진이 미카엘라에게 장미꽃 한 송이를 내밀었다. 미카엘라가 웃으며 꽃을 받아 들었다.

신나는 노래가 시작되었다. 미카엘라가 유진이 내민 손을 잡고 계단을 내려와 사람들 틈으로 들어섰다.

글로리아 파티의 시작이었다.

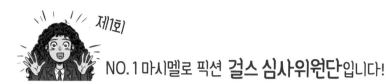

제1회
NO.1 마시멜로 픽션 걸스 심사위원단입니다!

작가님은 우리가 좋아하는 것을 어떻게 이렇게 잘 아실까?
소녀들이 두꺼비를 잡는 짜릿함, 톡톡 튀는 개성까지
첫 장을 넘기자마자 엉덩이가 의자에
붙어 버렸다. 홍성여자중학교 1학년 박예진

미카엘라의 '두꺼비 잡기'는 심장을 쫄깃하게
만든다. 미카엘라의 '걸크러시' 한 성격이
더해져 더 흥미롭게 빠져들었다. 한동안
손에서 놓지 못할 책. 봉담중학교 1학년 이서윤

우정과 사랑 사이에서 헤매고 있는 사춘기
소녀라면 한 번쯤은 꼭 읽어 보아야 하는
교과서 같은 책! 대청중학교 1학년 고민지

서로를 경쟁자로만 바라보고 곤경에 처한 주변 사람들을
방관만 하는 냉정한 사회 속에서 미카엘라처럼 큰 교훈을
주는 훈훈한 캐릭터를 보니 마음이 푸근해진다.
염동초등학교 6학년 황현우

고민지 대청중학교 1학년	**공지민** 대왕초등학교 2학년	**곽세하** 압구정초등학교 6학년	**김명하** 감정중학교 1학년
김미연 은봉초등학교 6학년	**김민진** 소사중학교 1학년	**김보연** 옥길중학교 1학년	**김서현** 궁내중학교 2학년
김세본 가온초등학교 6학년	**김수아** 서초중학교 1학년	**김수현** 역곡중학교 1학년	**김아린** 서원초등학교 6학년
김연재 광남중학교 1학년	**김예니** 노원중학교 1학년	**김유정** 휘봉초등학교 6학년	**김윤아** 상인천여자중학교 1학년
김지안 매송초등학교 6학년	**김지우** 소사중학교 1학년	**김지윤** 염동초등학교 6학년	**김채현** 노은중학교 2학년
김태연 샛별초등학교 6학년	**김현주** 원일초등학교 6학년	**남유진** 효명초등학교 6학년	**도지현** 서이초등학교 6학년
류다영 용강초등학교 1학년	**명도연** 어은초등학교 6학년	**문예원** 호수초등학교 6학년	**문지원** 선화예술중학교 1학년
박가영 경기초등학교 6학년	**박민영** 둔산중학교 1학년	**박예진** 홍성여자중학교 1학년	**박안영** 서원초등학교 6학년
방지예 안화중학교 1학년	**방지원** 범물중학교 1학년	**배슬기** 외삼초등학교 6학년	**배지윤** 성의여자중학교 1학년
백시윤 상아초등학교 6학년	**손민정** 홍성여자중학교 2학년	**손민혜** 해밀초등학교 6학년	**손하영** 논현중학교 1학년
신수린 정평초등학교 6학년	**신예은** 경미여자중학교 1학년	**신유진** 용천초등학교 6학년	**신혜윤** 운중중학교 1학년
신희원 수지중학교 1학년	**안수민** 송호초등학교 6학년	**안예선** 가온초등학교 6학년	**안인영** 밀성여자중학교 1학년
안주연 문정중학교 1학년	**안혜연** 종암초등학교 6학년	**양유진** 선일초등학교 6학년	**오서린** 남양초등학교 6학년

우정, 두꺼비 대회를 통한 깨달음, 코가 간질거리는 로맨스, 여학생들을 대상으로 제대로 취향 저격하였다. **궁내중학교 2학년 김서현**

내가 신시아일까? 아니면 미카엘라일까? 라는 생각을 했다. 자신을 되돌아볼 수 있는 책이다. **삼일초등학교 6학년 이수진**

주인공 미카엘라와 미카엘라를 묵묵히 도와주는 유진을 둘러싼 달콤하고도 오묘한 분위기가 기분 좋은 미소를 띠게 한다. **선일초등학교 6학년 양유진**

이 작품의 가장 큰 매력은 미카엘라이다. 불의를 참지 못하며 항상 당당한 그녀가 너무나 매력적이었다.
한라중학교 1학년 최지혜

글로리아의 보물을 찾기 위한 브링턴 아카데미 소녀들의 모험과 우정, 그리고 그 보물들이 상징하는 교훈적인 의미를 찾아가는 재미가 책에 빠져들게 한다. **풍양중학교 1학년 윤다혜**

빠져든다...

또?!

흠...

제1기 걸스 심사위원단의 **두근두근 심사기**

책 읽기 좋다고 소문난 가을 어느 날,
No. 1 마시멜로 픽션 심사위원단으로 선정된 소녀들에게 심사 작품을 담은
책 두 권과 심사 위촉장, 그리고 마시멜로 캡 모자가 배송됩니다.
그 심사 과정은 어땠을까요?

제가 한번
열심히 해 보겠습니다!

작품을 대하는 진지한 표정
(뒤에 붙인 제1기 걸스 심사위원단
모집 공고가 잘 보이겠지?)

위 촉 장

두 권 중
뭘 먼저 읽을까?

작품 다시 보면서,
꼼꼼 심사평 쓰기!

제1기 걸스 심사위원단 공개 심사날,
똑 부러지게 자기 의견을 발표하는 심사위원들을 좀 보세요!

저요!

반론 있습니다!

미카엘라에 대한
열렬한 지지로 영광의 토론왕에
오른 이다솔 님!

크크, 미카엘라
또 신났네.

자랑스러워요, 걸스 심사위원단 모두!

걸스 심사위원단이 되고 싶다면
bir.co.kr의 공지를 눈여겨봐 주세요~

미카엘라 달빛 드레스 도난 사건

1판 1쇄 펴냄— 2017년 5월 16일, 1판 10쇄 펴냄— 2021년 5월 25일
2판 1쇄 찍음—2024년 10월 20일, 2판 1쇄 펴냄—2024년 10월 30일
글쓴이 박에스더 그린이 이경희 펴낸이 박상희 편집주간 박지은 편집 김솔미 디자인 허선정
펴낸곳 (주)비룡소 출판등록 1994. 3. 17. (제16-849호)
주소 (06027) 서울시 강남구 도산대로1길 62 강남출판문화센터 4층
전화 02)515-2000 팩스 02)515-2007 홈페이지 www.bir.co.kr
제품명 어린이용 환양장 도서 제조자명 (주)비룡소 제조국명 대한민국 사용연령 3세 이상

ISBN 978-89-491-4601-0 74800/ ISBN 978-89-491-4600-3(세트)
*이 책에는 네이버 나눔글꼴을 사용하였습니다.